搜神異寶錄
懸疑考古探險搜神小說
之4 貴妃真墓
婁源霸刀 著

目錄

第一章

土匪風水師

「我要報仇，想讓姓郭的整個家族敗落。
郭家的祖墳，是上好的青龍穴，後代吃喝不愁。
就在我準備破掉郭家的祖墳風水時，
師叔說，郭家的祖墳是玄字派的前輩看的風水，
並下了血咒，誰要是破此風水，必遭天譴！」

卻說苗君儒和程大峰正說著話，突然傳來細微的敲門聲。程大峰下了床去開門，可門外並沒有人，倒是地上有一頁紙，他撿起來一看，見上面寫著幾個字：快離開這裏，有人要害你們！

程大峰拿著那頁紙，問道：「苗教授，怎麼辦？」

苗君儒笑道：「他們要害我們的話，早就在吃的東西裏下藥了。睡吧，離天亮還早著呢！」

兩人剛躺下不久，就聽到隔壁傳來一個男人的大叫，接著又有一個女人的慘叫：「救命啊！救命啊！」

程大峰正要起身，苗君儒沉聲道：「別多事，以防惹禍上身！」

外面傳來急促的腳步聲，還有嘈雜的喊叫。程大峰再也忍不住，跳起身去開門，同時說道：「苗教授，我只是看看！」

門一打開，一個頭髮蓬亂，身體半裸的女人撲了進來，幾乎抱住程大峰，哭道：「救救我！」

從外面透進來的光線，照著女人嘴角和胸前的鮮血。程大峰扶住女人，問道：「發生了什麼事？」

他的話音剛落，只見外面衝進來一個男人，那男人「呀呀」地大叫著，揮舞著手裏的一把短刀，當胸刺向程大峰。

程大峰將女人拉到一旁，飛起一腿踢中那男人的腹部。男人的身體被踢飛出去，將對面的木板撞出了一個大洞。

那男人很快從洞裏爬出來，滿臉是血，嗷嗷叫著繼續撲上前。苗君儒飛速起身來到門口，趁那男人搶進門的時候，一把扣住男人持刀的手。他本想奪下男人手裏的短刀，可當他與男人的眼神對視時，頓時大吃了一驚。

這男人的眼珠幾乎暴凸出眼眶外，眼球通紅甚是嚇人。更讓苗君儒驚駭的是，這男人喊叫的時候，露出了幾顆大獠牙。

是人還是殭屍？

這男人的手被苗君儒扣住，扭過頭朝他一口咬了下去。他放開男人的手，身體微側，一掌劈在男人的腦後。

這一掌的力道不小，若是正常人，被劈中之後會當場暈倒。可這個男人不但沒有倒下，反而轉身朝他刺來。他後退一步，左手托住對方的手腕，右手猛擊對方的手肘關節。

那男人的手肘關節受擊，手腕反彈回來，只聽得「噗嗤」一聲，短刀插進脖子裏，鮮血頓時飛濺出來。

走廊裏的人驚叫起來：「殺人了，韓少爺被殺了！」

苗君儒登時警醒過來，朝程大峰喊道：「快走！」

程大峰叫道：「我走了，你呢？」

苗君儒拿出天地鎮魂金拋過去，說道：「不要管我，你去找她！如果三天之內沒有我消息，你們就離開這裏！」

程大峰說道：「苗教授，我一定會救你的！」

說完後，他跳窗而出！

苗君儒點燃燈，見那個男人倒在地上，從脖子裏濺出來的血，都是黑色的。而那個女人，卻已經嚇得癱軟在桌子底下了。他上前問那女人：「他為什麼要殺你？」

那女人抖索著說道：「我……不知道。他……他晚上喝酒還是好好的……半夜醒來，說……說很難受……我見他眼珠子血紅……而且嘴巴裏長出了……像狗一樣的牙齒……說他中了邪……結果他卻要殺我……」

苗君儒問道：「他有沒有說這些天去了哪裏？」

那女人說道：「幹我們這……這行的……哪敢隨便問……客人呀？不過……他喝酒的時候，好像說過要發大財之類的話……還說要替我贖身！」

馬二帶著幾個人出現在門口，對苗君儒說道：「姓苗的，你知道被你殺死的人是誰嗎？他是韓縣長的兒子。是男人的話，就別逃走！」

苗君儒用一塊床單蓋住韓少爺的屍體，冷笑道：「放心，我不會走的。你先派人通知韓縣長，另外找一間沒有人住的房子，把韓少爺的屍體抬過去，免得影響了你們的生意。注意，千萬不能讓月光照著屍身！」

馬二問道：「為什麼？」

苗君儒淡淡地說道：「因為韓少爺中了屍毒，如今屍毒攻心，他已經不是人了。如果讓屍身照著了月光，接受月光的陰氣，就會發生屍變！另外再給我找些朱砂和一支毛筆來！」

一聽會屍變，馬二嚇得臉色大變，忙吩咐身邊的夥計，按苗君儒說的去做！

翠花樓後院有一間柴房，韓少爺的屍體暫時放在柴房的柴堆上。馬二帶著幾個夥計守在門口，他們還是擔心苗君儒會逃走。

苗君儒撕開屍體的上衣，用朱砂在屍體的胸口畫了一道鎮屍符，又在屍體的頭頂點了一盞長明燈。當他做完這一切的時候，馬二在門口說道：「姓苗的，我們大小姐來了！」

苗君儒走出柴房，見到了賽孟德，賽孟德的身後站著娟姐。

賽孟德問道：「你說韓少爺中了屍毒？」

苗君儒點了點頭，說道：「要不你進來看看？」

賽孟德問道：「你殺了人，卻叫你那個學生逃掉，你為什麼不跑？」

苗君儒笑道：「因為我想知道，他是怎麼中的屍毒！」

賽孟德說道：「人雖然是你殺的，但我們翠花樓也逃不了干係，等會韓縣長來，你怎麼跟他說？」

苗君儒笑道：「那就等韓縣長來了之後再說吧！」

沒過多久，一個五十歲出頭，頭上戴著禮帽的男人，帶著幾個員警，急匆匆地趕過來了。他進柴房看了韓少爺的屍體，憤怒地盯著苗君儒，朝幾個員警下令：「帶走！」

苗君儒說道：「韓縣長，你只看了屍體，還沒問清楚什麼原因，就要把我帶走。你這麼做似乎有些不妥吧？」

韓縣長說道：「我兒子是你殺的，很多人都看見了，還有什麼好問的？我可不管你是什麼教授，殺人償命，我兒子可不能白死！」

苗君儒說道：「你兒子當然不能白死，但也得弄清楚他死的真正原因吧？你仔細看過你兒子的屍身沒有？他的嘴裏長出了獠牙，眼珠子都是紅的，從傷口流出的血，和兩隻手的指甲一樣烏黑，後頸長出了一層白毛。依我的經驗判斷，他之前就中了屍毒，只是屍毒潛伏於體內，沒有發作而已。昨兒晚上他喝了很多酒，又與女人交媾，從而屍毒發作，迷失了本性！」

韓縣長說道：「一派胡言，你以為你說什麼我就信呀？」

苗君儒說道：「你不信我沒關係，你找一個有經驗的仵作來看一下，就知道了！要不我把他胸口的鎮屍符擦掉，你找人把屍體抬到院子裏讓月光照一下，看看會不會屍變？」

聽苗君儒這麼說，韓縣長說道：「我兒子每天只在街上遊逛，他又沒有跟人家去挖墳，怎麼可能中屍毒呢？」

苗君儒說道：「中屍毒不一定要去挖墳，再說了，你兒子偷偷跟人家去挖墳，又怎麼會讓你知道呢？」

韓縣長說道：「我會派人調查清楚的，來人，帶走！」

幾個員警上前要銬住苗君儒，卻被他推開，他說道：「要逃我早就逃了，我跟你們走！」

在經過賽孟德身邊時，這個女人目光冰冷地望著他，倒是身邊的娟姐，眼中似乎有一絲焦慮，他的心一動，想起那個敲門示警的人，心道：那個人會是誰呢？

街上沒有其他的行人，暗淡的燈光將苗君儒與那幾個員警的人影拉得很長，韓縣長並沒有跟他們一起走，而是留在了翠花樓。

當他們轉過一處街角的時候，從黑暗中衝出來幾個人，逼住了那幾個員警。

苗君儒看清為首的那個人，竟然就是受了傷留在石屋，後來卻又失蹤了的羅強。

一個員警壯著膽子問道：「你們是什麼人？敢在這裏撒野？」

羅強攞了一下手裏的槍，喝道：「識相點的趕快滾開，我要帶這個人走！」

苗君儒說道：「如果我不願跟你走呢？」

羅強說道：「苗教授，我是來救你的。你在賽孟德的樓上和他們三個人的談話，我都聽到了。你離開後，郭大善人叫馬大哥找人除掉你，馬大哥不同意，他們還為這事吵了起來。是我寫的字條塞在客房門下，提醒你離開，可是你不信。你殺死韓少爺的時候，我也在旁邊。你以為姓韓的會聽你的話嗎？他會害死你的！」

苗君儒明白過來，原來那個翻牆進後院以及塞字條報警的人，居然就是羅強。他和羅強並沒有交清，羅強為什麼要幫他呢？他問道：「是誰要你來救我的？」

羅強說道：「這裏不是說話的地方，跟我們走！」

苗君儒尋思韓少爺的屍毒發作，絕對不是偶然的事件。正常人只有兩種途徑中屍毒，一種是被殭屍咬過，另一種則是進入墓室，中了裏面的屍氣。第一種可能性並不大，因為被殭屍咬過的人，身上會有牙印。他檢查過韓少爺的屍體，身上並沒有牙印。所以只有一種可能，那就是韓少爺進入過墓室，由於防備不當而中了裏面的屍毒。

可是堂堂縣太爺的兒子，整日養尊處優的，怎麼會去幹那種勾當呢？他有心查清真相，可韓縣長不給他機會。

羅強朝那幾個員警凶道：「還不快滾？老子的槍可不認人！」

那幾個員警相互看了看，慌忙離開。

羅強見幾個員警已經離去，顧自笑了一下，轉身朝前面走去。他手下的人立刻圍在苗君儒身邊，押著他往前面走。

拐過幾條巷子，邊上有一扇門開了，苗君儒跟著羅強走進去後，身後的門很快關上。

正屋裏亮著燈，羅強一屁股坐下來，示意苗君儒也坐下，一個兄弟上前替他們倒了水。

苗君儒並沒有坐下，而是走到一旁，背對著羅強，說道：「你為什麼要幫我？」

羅強說道：「其實我也在幫我自己！」

苗君儒問道：「你不是在石屋裏等馬鷂子的嗎？怎麼到這裏了？」

羅強說道：「我原本是在石屋裏等馬大哥的，可是我看到來了一隊官兵，我以為他們是來抓我的，所以就離開石屋，還在石屋裏下了絆子！」

苗君儒笑道：「你那絆子，差點將我和馬鷂子炸上天。」

羅強驚道：「他回去了？」

苗君儒正色道：「他念著你還是他的兄弟，回去找你！你們兩人之間，好像還有一些誤會，是吧？」

羅強歎了一口氣，說道：「其實這幫兄弟，包括我在內，對他都是一片忠心，可他對我們，卻是……」

苗君儒問道：「難道他還有對不住你們的地方嗎？」

羅強說道：「苗教授，請你坐下來。我覺得有必要把我知道的事情告訴你，這也是我今晚為什麼要冒著危險去翠花樓打探他們的消息，出手救你的原因！」

苗君儒坐了下來，端起茶杯喝了一口，說道：「我洗耳恭聽！」

羅強的臉上出現了一抹的哀戚，內心悲慟，說道：

「我是本地人，母親十二歲那年跟隨我姥爺逃荒至此，我姥爺不幸病重身亡，母親不得已賣身葬父，被郭大善人買入家中當丫鬟。幾年後，我母親變成了一個大姑娘，出落得亭亭玉立，和一個在街上賣苦力的小夥子好上了。郭大善人見我母親漂亮，便想將我母親收房。我母親得到消息後，和那小夥子出逃，可他們還沒來得及逃出興平，就被郭大善人帶人抓住。那小夥子當場被打死，我母親本想殉情自盡，卻被郭大善人摟住。」

羅強的眼中閃現淚光，沉默了一下，接著說道：

「郭大善人將我母親強行收房，幾個月後我出世，郭大善人才知道我並非他的血脈，便將我母親賣給翠花樓。所以我自小在翠花樓長大，對翠花樓的地形很熟悉。我七歲那年，母親得了髒病，被老闆娘趕出了翠花樓，因無錢醫治而活活疼死。臨死前告訴我，我的親生父親姓羅。

「從此我在街上流浪，靠揀別人吃剩下的東西過活。終於有一天，我遇到一個過路的人，於是我跟著他，成了玄字派下的弟子。我們師徒倆遊蕩江湖，以替人看風水為生。苗教授，其實我們有過一面之緣的，你記得民國二十三年在南陽一座土地廟裏遇到的那兩個人嗎？還是你救了我師父的命呢！」

苗君儒想了起來，一九三四年，他帶著幾個學生在南陽一帶考古，找到了一座隋朝的墓葬，受當時環境的影響，他們不能公開進行挖掘。沒有辦法，他們只能在墓葬的周圍找一處地方暫時住下來，而後再想辦法挖掘。他們來到一座破廟，在廟裏遇到了兩個人，那個年紀頗大的人處於昏迷狀態，呼吸細微而急促，身底下一大灘黑血。他的旁邊跪著一個少年，正無助地哭泣著。他一看這人的病症，知道是得了傷寒，由於未能及時醫治，引發了下身出血，生命岌岌可危。

他拿出野外考古配給的進口藥物，給那病人灌了進去。只一個晚上，那個病人便醒了過來，病情明顯有好轉。他與病人交談起來，得知這病人乃是一個遊走江湖的風水先生，那少年是風水先生的徒弟。迫於當時的情況，他們沒法對那座墓葬進行挖掘，所以他在那座破廟中待了兩天，便帶著學生離開了。臨走還給那風水先生留下了一點藥物。那少年跪在地上，朝他磕了三個響頭，以報救師之恩。

羅強接著道：「當我第一次見到你時，就認出了你，只可惜我沒辦法和你說話，怕馬大哥知道我和你的關係之後，對你不利！」

苗君儒說道：「那都是過去的事，你不提的話，我還想不起來呢。你的故事還沒有說完呢，繼續說下去！」

羅強繼續說道：「其實我跟著第一個師傅，並沒有跟多久，我十四歲的時候，師傅將我留在臨潼一個叫半指仙的風水先生那裏當義子。我十九歲的時候，半指仙替我娶了一房媳婦，那騷貨明的是我媳婦，實際是半指仙的相好。我一氣之下殺了一對狗男女。

「我獨自一人回到興平，想殺掉郭大善人，替我父母報仇。後來我又想，僅僅殺掉郭大善人，還不足以平息我的仇恨，必須讓姓郭的整個家族敗落。我看過郭家的祖墳，是上好的青龍穴，後代雖然出不了大官和貴人，但可保子孫後代平安，且吃喝不愁。我會看風水，自然也懂得如何破風水，就在我準備破掉郭家的祖墳風水時，遇到了我的同門師叔，就是你見過的客來香酒樓劉掌櫃，他是玄字派的掌門人。

「師叔告訴我，郭家的祖墳是玄字派的前輩看的風水，並下了血咒，誰要是破此風水，必遭天譴。要想對付郭家，其實還有別的辦法。他勸我去投軍，誰曾想我投軍不到半年，部隊被打散。我帶著幾個兄弟做了土匪。為了生活，我不得已違背師訓，幹起了盜墓的生涯。我不敢讓師門知道我盜墓，所有從地下挖出來的貨，都是找兄弟去出手。

「五年前，我遭官兵圍剿，手下的兄弟死的死逃的逃，我一個人逃到川康，被一個小土司抓住，說我是漢人的奸細，要剝我的人皮蒙大鼓，馬大哥帶人打進寨子，碰巧救了我。從那以後，我就入了他的夥！川康地區山高林密，誰都奈何不了我們，可畢竟是窮鄉僻壤，當土匪的日子也不好過。三年前，馬大哥聽了我話，帶著兄弟來到興平。按著我的指引，挖了一座大墓，手下的弟兄們都發了一筆不小的財！」

苗君儒想起在馬嵬村那廟中見到的玉帶，忍不住問道：「你們挖開的那座大墓，大約在什麼位置，挖出了多少東西？」

羅強說道：「那座大墓其實就在石屋的後山，分上下兩層，上層已經被人盜過了，下層還沒有人進去過，但奇怪的是，裏面的東西並沒有多少。那棺材的外棺是石頭的，內棺是金絲楠木，我們撬開棺材，見裏面有一棺材的水，屍身還沒腐爛呢。

「一個兄弟用棍子把屍身挑出來，屍身上的蟒袍登時就爛了，不過那一條玉帶和屍體手裏拿著的那塊玉板倒是不錯。我們從裏面弄出了半箱金銀錠子，一箱玉器珠寶，還有十幾幅名人字畫。裏面還有不少古書，兄弟們覺得那些書不值錢，一把火給燒了。」

苗君儒聽到這裏，連連叫了幾聲「可惜」，石棺裏面套木棺，在唐代的墓葬中並不足為奇，奇怪的是那木棺中的水，能保屍體千年不腐，是很好的考古研究課題呀！還有那些墓葬裏面的書籍，說不定是唐代的孤本，比起珠寶玉器起來，不知要貴重多少倍呢！一夥大字不識幾個的土匪，哪裏懂得什麼才是真正值錢的東西呢！至於羅強所說的屍體手裏拿著的玉板，應該就是他見過的那塊白玉朝笏。

想當年，楊國忠借唐玄宗對其妹妹楊玉環之寵，巧為鑽營，終於一步步登上權力的巔峰，成為大唐的相國。隨著地位的升遷，楊國忠在生活上也變得極為奢侈腐化。每逢陪玄宗、貴妃遊幸華清宮，楊氏諸姐妹總是先在楊國忠家彙集，競相比賽裝飾車馬，他們用黃金、翡翠做裝飾，用珍珠、美玉做點綴。出行時，楊國忠還持劍南節度使的旌節（皇帝授予特使的權力象徵）在前面耀武揚威。

楊國忠的專權誤國，最終導致了他和兒子楊暄一起，以及另兩個妹妹，在馬嵬驛兵變中被殺。馬嵬驛兵變正值盛夏，天氣炎熱，依當時的環境，屍體只是草草掩埋，幾天內應該就會生腐。雖然後來唐玄宗另外擇地厚葬，但屍身絕對不可能如羅強所說的還沒腐爛。難道羅強所挖的墓葬是別人的？如此一來，那塊屬於楊暄的白玉朝笏，又怎麼會到了那口棺材中的？

苗君儒問道：「你確定棺材中的人沒有腐爛？」

羅強說道：「棺材中的人確實沒有腐爛，但我覺得很奇怪，屍體身上穿著蟒袍，腰裏繫著玉帶，一副大官打扮的模樣，但卻是一個女人，長得還很漂亮。有一個兄弟說，要不是有那一身噁心的屍水，他還想試試那女屍的滋味呢！」

苗君儒微微點了一下頭，據史料記載，在馬嵬驛兵變中，楊氏一族的人幾乎都已被殺盡，楊國忠的妻子裴柔和幼子楊晞以及沈國夫人逃至陳倉（今陝西寶雞市），都未能倖免，楊暄的妻子想必也好不到哪裏去。或許楊國忠父子的屍身在兵亂後無處可尋，唐玄宗厚葬時，才以一個可以代替他的人安葬。

那棺材中的女屍，能夠手持楊暄的白玉朝笏，即便不是楊暄的妻子，也應該是他的近親。若真如此，墓葬中的書籍就顯得更加珍貴，說不定關於墓葬主人的答案，就在那些書籍中。如今那些書籍都已經毀了，可惜也沒用。安史之亂後，大唐江河日下，能有那麼多東西陪葬，已經相當不錯了。

苗君儒想起那塊放在木盒中的琉璃墓磚，於是問道：「你們挖開墓室的時候，看清楚墓磚是怎樣的嗎？」

羅強說道：「就是普通的三六九青磚（作者注：三六九分別為墓磚的長寬高，是考古盜墓人對墓磚的專用說法。唐宋時期為磚窯中特地為建造墓室燒製的，元朝之後，這種規格的青磚，也被人用來建造屋基）。不過，那裏的三六九與別的地方不同，上面有龍紋。裏面的墓室又分為前後墓室，門洞周圍均砌一層券磚，上有平牙磚門楣，門邊兩側各有一整塊一人高的青磚，上面刻著護墓神。苗教授，你怎麼對裏面的磚頭這麼感興趣呢？有時間的話，我帶你再進去就是了！」

苗君儒微笑道：「我們扯遠了，還是繼續說說你和馬鷂子的事吧！」

羅強笑了一下，說道：「後來我們又挖了幾個小墓。依馬大哥的想法，是將財物給兄弟們分了，從此大家都不用將腦袋掛在褲腰上過日子，有了那些財物，可以舒舒服服的過完下半輩子。可是我不同意。我要馬大哥帶著兄弟們來興平，是為我報仇的。如果兄弟們就這麼散掉，我的仇就沒辦法報了。於是我建議先不分財寶，將那些財寶分成幾份，各自藏在不同的地方，等有朝一日兄弟們實在不願幹了，再分也不遲。」

苗君儒問道：「馬鷂子和那些兄弟都聽了你的話？」

羅強說道：「也是有人不願意，可是我對他們說，陝西這塊土地上，到處都有帝王將相的墳墓，我們要找到一個大的，狠狠發一筆橫財。之後我們確實挖了幾個大墓，可裏面都是空的。兄弟們都想再挖到一個大墓，所以願意留在這裏。」

苗君儒說道：「以你們的實力，完全可以在一夜之間，將郭大善人一家大大小小殺個精光，也算替你父母報了仇。」

羅強說道：「剛帶他們來興平的時候，我是那麼想的，也和馬大哥商量過怎麼樣對付郭大善人。我知道馬大哥的性格，他最恨被兄弟利用，所以我並沒有將我和郭大善人的恩怨告訴他，只說郭大善人是興平城的第一富戶，家中金銀財寶成堆。馬大哥原本也有些動心，可是他進城一趟之後，卻改變了主意！」

苗君儒問道：「他為什麼改變了主意？」

羅強說道：「馬大哥說，郭大善人和別的有錢人不同，是個善人，郭家修橋鋪路，出錢救國，還每天施捨逃難到這裏的窮人。我們雖然是土匪，可土匪也要講江湖道義。」

苗君儒問道：「這三年來，你們都在興平這一帶活動，你都沒有想過怎麼樣報仇？」

羅強說道：「我當然想過。既然馬大哥不願對付郭大善人，我只有依靠自己。我通過師叔的關係，認識了駐防在這裏的董團長，要馬大哥和董團長做生意。彼此熟了之後，董團長提出來收編我們，馬大哥當連長，我當副連長。如果收編成功，我就有機會利用軍隊的勢力對付郭大善人。可馬大哥居然不願被收編。」

苗君儒說道：「董團長身邊的宋遠山宋師爺，是地字派的人，你師叔不可能不知道吧？」

羅強說道：「不錯，玄字派和地字派，以前雖然水火不容，可到了光緒年間，兩派的關係開始緩和起來，我師父和師叔，都與地字派的掌門人朱福有交情。」

苗君儒說道：「城內有一處宅子，是宋遠山宋師爺的，但宅子的結構很古怪，是陰陽共濟的山河乾坤地，你知道這事嗎？」

羅強搖了搖頭，說道：「我很少進城，有事都是去客來香酒樓找師叔。倒是馬大哥經常帶人進城瀟灑，但他每次帶的人都不多。」

苗君儒說道：「馬鷂子不願被軍隊收編，你的報仇計畫就無法實現，難道你就想不出用別的方式報仇嗎？」

羅強說道：「換作是別人，完全可以暗中派人做掉馬大哥，而後帶著兄弟們接受董團長的收編。可我念著馬大哥救過我的命，不願意那麼幹。所以我一直忍著，在等機會。」

苗君儒微笑道：「面對刻骨銘心的殺父仇人而不能報仇，一直忍了那麼多年，你的那份忍耐力，非常人所能及。」

羅強說道：「師父一直教導我，說忍字頭上一把刀。男子漢大丈夫頂天立地，遇事千萬不能急躁，需切記一個忍字。我牢記師父的教誨，所以這麼強忍著。」

苗君儒問道：「你的師父還好吧？」

羅強說道：「自從我離開他之後，就一直沒有再見過他。我問過師叔，都說沒有他的消息。我師父是個怪人，習慣漂泊江湖。」

苗君儒聽到這裏，心裏暗驚：

他當年在破廟中救了羅強的師父時，只知對方是一個風水先生，而那人也並沒有告訴他叫什麼名字。不過，他後來在與看山倒朱福聊天的時候，朱福對他說過，玄字派下有不少會看風水的高手，但真正會看風水的，是一個叫徐渭水的人，此人不但精通風水堪輿，而且通曉陰陽奇術。只可惜此人生性古怪，不願造福一方，寧願浪跡江湖，是個神龍見首不見尾的高人。

朱福雖與玄字派的人有交往，可也只是聽說過關於徐渭水的傳說，並未見過其人。（作者注：按民間一般的說法，風水先生與算命先生的性質是不同的，每一個地方都有本地會看風水的風水先生，而每個風水先生都只在自己的地盤上幫人看風水，絕對不會輕易闖到別人的地盤上去搶食。如若死者家屬不遠百里前來相請，越界的風水先生會主動聯繫當地的同行給予方便，事後會按規矩送上一份禮，否則壞了規矩，被同行刁難，輕則被打，重則丟掉性命。）

苗君儒問道：「你師父是不是叫徐渭水？」

羅強聽到苗君儒一問，臉色微微一變，隱隱有些生氣，說道：「我跟隨師父這麼多年，只知道他姓徐，而不知道他的名諱，後來我見到了師叔，才知道我師父的名諱。」

苗君儒問道：「你師叔和你師父的關係怎樣？」

他是故意這麼問的，因為他聽朱福說過，徐渭水之所以浪跡江湖，是與本門幾個師兄弟不和，按其本事，完全可以當上掌門，執掌門派，可最終被人排擠，並遭人暗算，數次險些喪命。

羅強激動地說道：「我師父從來不對我說他個人的事，後來我才聽師叔說，要不是師父的性格古怪，為諸位師兄弟所不容，掌門之位一定就是他的！我師叔不止一次勸我罷手，說冤冤相報何時了，人無完人，郭大善人雖有惡跡，但在抗戰大業上從不含糊，僅一次就捐出了五萬大洋。若沒有郭大善人的佈施，還不知道要死多少逃難來的百姓。

「也正因為如此，我才那麼地強忍著，想著什麼時候把小日本趕出了中國，再和郭大善人算帳。一年前，我發覺馬大哥和郭大善人來往神秘，好像在進行一件很重要的事。除了馬大哥身邊的兩個心腹，其他的人一無所知。」

苗君儒問道：「那你弄明白他們之間的事情沒有？」

羅強苦笑了一下，說道：「我費了很大的力氣，都沒弄清楚他們的事。就在我打算找他好好談一談的時候，發生了一件怪事！」

苗君儒問道：「你們碰巧遇到了受了重傷的看山倒朱福，是不是？」

羅強說道：「我本來不認識朱福，是看了他隨身帶的《天玉方略》，才猜測是他的。因為我聽師叔說過，地字派的看山倒朱福，剛剛得到一本曠世奇書，叫《天玉方略》。」

苗君儒說道：「於是馬鷂子進城救了一個叫小玉的女人，是吧？」

羅強說道：「馬大哥把小玉救回來後，兩人很快就好上了，兄弟們叫她嫂子。是她告訴我，說和氏璧其實並不是傳國玉璽，而是傳說中的萬古神石。而那塊神石，極有可能被唐玄宗埋進了楊貴妃的真墓，她爹一直都在尋找楊貴妃的真墓，最後斷定，就在那一帶的山上。她還告訴我，說萬古神石有很強的磁性，我正是按她的所指，才找到那處地方。雖然我們失去了幾個兄弟，所幸馬大哥安然無恙，還帶出了那塊萬古神石。當我得知你斷定那塊石王是假的時候，也覺得事有蹊蹺。連看山倒朱福都找不到的地方，為什麼我花了數天的時間就找到了呢？」

苗君儒說道：「其實馬鷂子從城內救回來的那個小玉是假的，因為我和學生在宋師爺的那處宅子裏發現了一間密室，密室裏關著一個女孩子，那個女孩子的身上戴著地字派的掌門信物天地鎮魂金。朱福是地字派的掌門，他的掌門信物不可能落到別人的手裏。」

羅強說道：「你錯了。那個小玉是真的。那天我和她在山頂爭執，你是在旁邊聽到的。如果她不是真的小玉，不可能知道我過去的事情。當年朱福和她在半指仙家住過，我認得她的樣子。至於朱福的掌門信物，怎麼會落到別的女人手裏，我就不知道了。」

苗君儒想起那天他們兩人爭執的情景，說道：「我記得你當時還質問她和董團長是什麼關係，你為什麼會那麼想？」

羅強說道：「我從一開始就覺得她很可疑。如果馬大哥真的是將她從董團長手裏搶出來的，以董團長的脾氣，不可能不來對付我們。可是她來山上幾個月，官兵只在城內虛張聲勢，並沒有實際的行動。正是她要馬大哥帶東西去重慶，把你引過來。而她卻又親自帶著幾個兄弟，在你有可能經過的地方攔住你。苗教授，我到現在都沒弄明白，她為什麼要那麼做？如果她和我一樣，對董團長有血海深仇，她完全可以要我們去暗中殺掉董團長，沒有必要折騰那麼久。更令我感到奇怪的是，為什麼每次我們有所行動，總有官兵在我們身後，坐收漁人之利？」

苗君儒說道：「就算你認定馬鷂子救回來的小玉，真是朱福的女兒。可你可能還不知道，那個董團長卻是假的。真的董團長在一年前某個夜晚跟隨朱福出去後，就沒有回來。宋師爺弄了個長得跟董團長相似的人，冒充董團長。我聽劉掌門說，真的董團長業已看破塵世，出家為僧！」

羅強說道：「我從山上潛回城裏，想去找師叔，哪知客來香酒樓已經被燒了。還好遇上一個和馬大哥走散的兄弟，找到這處馬大哥在城裏的落腳點。之後又陸續來了幾個弟兄，其他的人則被官兵抓住槍斃，屍體掛在城外示眾。」

苗君儒微微皺了一下眉頭，如果這裏是馬長風在城內的落腳點，馬長風在城內那麼久，怎麼不來這裏落腳呢？難道還有別的落腳點不成？

羅強繼續說道：「傍晚的時候，我派兄弟們出去探風，有兄弟看到你去了翠花樓，於是我夜探翠花樓，卻發現馬大哥和郭大善人，在翠花樓頭牌姑娘賽孟德那裏。我剛聽馬大哥對他們說余師長和宋師爺之間的事，你就來了！我還聽了你們的話，覺得你和他們不是一路人，所以才出手救你！事情的經過就是這樣。」

苗君儒點了點頭，羅強說的這些話，似乎沒有半點隱瞞，而且也找不出任何的破綻，但是在他的潛意識裏，卻認為羅強的話還是值得推敲。因為一個凡事都能忍的人，定是城府頗深的人，而這種人，是不會輕易向別人說出肺腑之言的。

他說道：「你是徐渭水的徒弟，又當過半指仙的義子，還是興平本地人，以你的能耐，應該知道韓少爺是怎麼染上屍毒的吧？」

羅強笑道：「我在山上，怎麼知道城內的情況呢？更何況，我和姓韓的並不熟。當時我躲在翠花樓內，聽說了韓少爺發瘋，被你殺死的事，也覺得很奇怪。韓少爺是什麼人？他怎麼可能中屍毒呢？哦，我想起來了，我從山上下來的時候，路過郭大善人家的祖墳，見那裏駐紮了不少官兵。你不是想知道韓少爺是怎麼染上屍毒的嗎？或許在那裏能夠找得到答案。」

苗君儒看了一眼窗戶，外面已經天亮了。

苗君儒說道：「小玉被日本人抓走了，馬鷂子約了日本人，中午在客來香酒樓，用那塊假的石王換人！」

羅強驚道：「怎麼連日本人也捲進來了？」

苗君儒解釋道：「當時宋師爺投靠了滿洲帝國的康得皇帝，康得皇帝是日本人的傀儡，日本人為了幫宋師爺，把手伸進了抗戰的大後方，也未嘗不可。但奇怪的是，如果宋師爺和日本人有勾結，為什麼不把石王是假的消息告訴日本人？日本人一旦知道馬鷂子身上的石王是假的，還願意用人來換嗎？」

羅強用手托著腮幫，說道：「有些事確實令人想不明白。但是我認為，小玉把你引來，一定有她的道理，事情總會有弄明白的那一天。」

苗君儒問道：「你打算怎麼幫馬鷂子？」

羅強說道：「現在離中午還早，我先派幾個兄弟去客來香酒樓那邊看看，希望能夠碰到馬大哥！」

苗君儒喝了一口水，起身說道：「你的傷沒什麼大礙吧？要不我們出城一趟，去看看郭大善人家的祖墳！」

第二章

郭家祖墳

那座墳墓與一般的墳墓不同，
沒有墓碑，座北面南，需知南面陽氣太旺，犯煞。
以陽鎮陰，起到陰陽共濟的效果。
苗君儒沒有猜錯的話，墳墓的墓主，應該是個女人，
而且這個女人是暴斃而亡的，在死的時候，
年紀並不大，不超過三十九歲……

郭家的祖墳在興平城的南面，背靠著一座環形的鳳凰山，前面是扇形的坡地，再往前就是滾滾東流的渭水。渭水流經這裏，恰好劃了一個弧形，轉頭向西北方向之後，又轉向東去。

從興平城到郭士達的祖墳，有近三十里的山路，苗君儒和羅強只用兩個小時就走到了。羅強畢竟身上受了傷，急著趕那麼遠的路，臉色有些發白。他們站在山頂上的一棵大樹下，由上至下地看著山坳裏的那些墳墓。

所有的墳墓都一般高低，有數十座之多。墳墓雖多，但並不亂，一座座的錯落有致。在那些墳墓的中間，有一座一人多高的大墓，所有的那些小墓，如眾星捧月般圍繞在大墓的周圍。

在那些墳墓右側的一個山坡上，有幾間小屋子，而在小屋子的旁邊，多了幾頂軍用帳篷。十幾個背著槍的士兵，分成兩撥在墳墓的周圍晃來晃去。

苗君儒望著遠處那如同一條白練般的渭水，內心激動不已，由衷地說道：「左青龍、右白虎，明堂開闊，財源滾滾，子嗣繁榮，財大勢大，雖不是一處無雙福地，但也是屬於上等佳穴！只可惜少了案山，否則後代會出大人物。」

羅強笑道：「考古學的教授，要是不懂得看風水，那才是奇怪呢！」

苗君儒說道：「有士兵保護，想必近幾日出過什麼事。可惜我們沒有辦法過去，否則倒可以看個究竟。」

羅強說道：「苗教授，你再仔細看看，那座大墳墓與別的墳墓有什麼不同？」

苗君儒說道：「你說過，這處墓地是玄字派的高人看的，並下了血咒，看來此墓很不簡單。那座墳墓與一般的墳墓不同，不但沒有墓碑，而且方位座北面南，需知南面陽氣太旺，犯煞。故意不立墓碑，就是要讓南面的陽氣過來，以陽鎮陰，起到陰陽共濟的效果。如果我沒有猜錯的話，墳墓的墓主，應該是個女人，而且這個女人是暴斃而亡的，在死的時候，年紀並不大，不超過三十九歲……」

羅強接口道：「古人四十為不惑，過了不惑之年而死的人，不屬於惡死。苗教授，你難道還沒想到什麼嗎？」

其實苗君儒也想到了，只是他不敢相信自己的推斷而已。一千多年前的天寶十五年六月十四日（西元七五六年），楊玉環隨李隆基流亡的途中，經馬嵬驛時遇禁軍嘩變，被叛軍縊死，一代佳人香消玉殞，終年三十八歲。

羅強繼續說道：「昨天晚上，在韓少爺發瘋之前，我曾聽一個翠花樓的姑娘說，有一個姓郭的恩客告訴她，城外郭家的祖墳出事了。那個恩客喝多了酒，嘴中不停地說著什麼郭家世代是替楊貴妃守墓的。當年唐玄宗身邊有一個叫郭霄的雲麾將軍，此人在馬嵬坡兵變之後辭官。從墓地那邊繞過去不遠的山腳下，有一個村子，就叫郭村，村裏的人與城內的郭大善人是一族。」

苗君儒問道：「你的意思是，郭霄自願留下來替楊貴妃守陵，後來子孫繁衍，興平城內外姓郭的，都是守陵人的後代？」

羅強微微點了一下頭，說道：「興平城內的都知道，貴妃墓在馬嵬村，沒有人會相信，楊貴妃的真墓，就在郭家祖墳的下面。」

苗君儒說道：「你對我說過，郭家祖墳是你們玄字派的高人看的，並下了血咒。或許那個高人知道郭家的秘密，下血咒的真正用意，就是保住郭家祖墳，不讓任何一個盜墓人找到楊貴妃的真墓。」

羅強說道：「小玉說她爹畢生的夙願，就是尋找那塊石王，以看山倒朱福的本事，不可能看不出郭家祖墳的秘密。」

苗君儒問道：「你怎麼知道朱福沒有找到真正的貴妃墓呢？」

羅強愣了一下，苗君儒說的話不無道理，朱福到過什麼地方，除非一同去過的人，別人又怎麼知道呢？

苗君儒繼續說道：「你既然偷聽了馬鷂子對郭大善人說的話，想必已經知道那個真的董團長，在跟隨朱福出去之後，再也沒有回到部隊的事了吧？」

羅強說道：「是的，馬大哥還說，劉掌門告訴大家，董團長已經出家為僧，還要余師長不用去找了。」

苗君儒問道：「你有沒有想過？馬鷂子為什麼要把這些事告訴郭士達和賽孟德？」

羅強說道：「我可沒往深處想！」

苗君儒說道：「馬鷂子只是一介土匪，他和郭士達交往，雙方無非是各取所需。郭士達除了是一個有些背景的士紳外，還是護陵人的後代……」

他望著遠處的墳墓，並沒有把話說下去。

羅強摸了摸頭，說道：「苗教授，我聽不懂你說的話，到底是什麼意思。」

苗君儒自顧自說道：「區區一座小縣城，竟引來這麼多高人，除了地玄兩派的掌門人外，連日本忍者都來了。依我看，有的人可不一定都是衝著那塊石王來的。」

羅強問道：「那你認為他們是衝著什麼來的？」

苗君儒高深莫測地笑了笑，沒有說話。

羅強接著說道：「從這裏轉過去，在山後還有一座破廟，廟宇一般情況都是建在山的陽面，建在背陰的地方，本就不合規矩。我覺得很奇怪，去看了兩三次，只覺得有些怪異，卻看不出哪裏有問題。我問過當地的一些老人，他們都不知道山後還有小廟。你要不要去看看？」

苗君儒心中不由尋思道：羅強要帶我來看郭大善人的祖墳，其真正的目的，恐怕是要帶我去看那座小廟。既然是一座怪異的小廟，那就一定有不同尋常的地方。那座小廟與郭家祖墳到底有什麼關係呢？

兩人沿著崎嶇的山路轉到一處山坳裏，這裏的樹木茂盛，若不近前，根本看不到這座已經殘敗的小廟。小廟並不大，圍牆殘破不堪，兩扇大門上的紅漆早已經剝落，露出木頭的本色，廟門虛掩。苗君儒走上前去推開大門進入廟內，發現院內全是枯葉雜草。對面就是正殿，正殿的西南角也已經倒塌，兩扇大門斜在一旁。

正殿的左邊還有兩廂偏房，想必是以前廟裏的人居住的地方。正殿右邊也是一間偏房，房門已朽爛得只剩半扇，被風一吹吱呀作響，依稀看到裏面停放著一具黑乎乎的棺材。棺材的蓋子蓋得嚴嚴實實，也不知道裏面有沒有屍體。

廟宇裏面停放棺材，並沒有什麼不正常。有人將自己的壽木寄存在廟宇裏，每年上一道漆，待自己百年之時，再拿出來用。

也有一些人死後裝進棺材，將棺木放在廟裏，過七七四十九天再下葬。那種情況叫停喪。停喪有停幾個月或是幾年的。

從廟宇殘破的程度看，至少有好幾年沒有人打理了。那棺材若是壽木，每年必定有人前來上漆，倘若廟裏無人打理，事主必定會將壽木轉移他處，除非事主不要了。

至於停喪，每年的清明和逝者的往生之日，都會有人前來祭拜。而平時的初一十五，廟裏的人會替逝者的後人上香。將逝者放在無人打理的廟裏，也是說不過去的。除非是無主之棺。

羅強見苗君儒盯著那具黑漆棺材，於是說道：「我第一次來這座小廟，就發現那口棺材了。」

苗君儒問道：「你第一次來這座小廟是什麼時候？」

羅強說道：「是三年前，我和幾個兄弟被官兵追著跑，好不容易擺脫了官兵，卻發現了這座小廟。那時的小廟還沒這麼破，偏房的那兩扇門還好好的。兄弟們被那棺材給嚇壞了，沒敢在這裏多停留。」

苗君儒問道：「那你後來為什麼又來這裏？」

羅強說道：「我是玄字派的人，覺得廟宇不應該建在這種地方。我懷疑這座小廟和郭家的祖墳肯定有什麼聯繫，所以就來了。」

苗君儒又問道：「馬鷂子知道這個地方嗎？」

羅強說道：「馬大哥當然知道，是兄弟們說的，不過他有沒有來，我就不清楚了。」

苗君儒看著廟門下面的台基，說道：「你看到沒有，台基下面每層石塊的石質和紋理都不一樣，所以這座小廟被翻建了很多次。依目前的建築風格看，是清朝中期修建的，有兩三百年了。」

羅強問道：「依你看，這座廟最早修建是在什麼年代？」

苗君儒笑道：「其實你心裏面早已經有了答案。」

苗君儒說完後，他筆直走到正殿的門口，見裏面那石臺上的泥胎神像早已經變成了幾堆泥土，看不出原來的本色。長條形的供桌翻倒在地，其中的兩支桌腳斷在一旁。在供桌旁邊的土地上，有一灘暗紅色的血跡，連石臺上也濺了不少。地上還灑了一些灰土，他用手撚起一些灰土，放在鼻子下面聞了聞。

他退到門口，環視著整個正殿。

羅強輕聲問道：「苗教授，你發現了什麼？」

苗君儒淡淡地說道：「沒什麼，只不過這裏曾經發生過劇烈的打鬥。」

離開正殿，他直接進入那間停放棺材的偏屋，羅強站在門口，並沒有跟進去。偏屋的面積並不大，正中放了這具棺材之後，兩邊連一張八仙桌都放不下。

他來到棺材邊上，鼻子似乎聞到一股屍體的腐臭味。正常情況下，棺材裏若是放進屍體，必會將棺蓋釘死，還會在棺蓋和棺身的合縫處用桐油沾住。而在棺材的頭上放上一盞長明燈，尾部擺上祭品和香爐。

可是眼前這具棺材的前面沒有長明燈，尾部也沒有祭品和香爐，連棺蓋都沒有釘死，只需用點力就可以掀開。

他微微皺了一下眉頭，雙手抵住棺材的邊緣用力一推，隨著棺蓋的翻落，一股熏人的屍臭立即瀰漫開來。

棺壁上佈滿了白色的屍蛆，令人噁心，棺材內的屍體雖然還未完全腐爛，但已經認不出本來的面目了，只能從衣裝上判定是一個男人。死者的後腦有一處凹陷，那是被重物擊打所致。正是這處致命傷，導致了死者喪命於此。

他往後退了幾步，對外面的羅強說道：「棺材裏的這個人死了不到十天，是被別人殺了之後放進來的！」

羅強說道：「苗教授，一具臭屍有什麼好看的，快走吧！」

苗君儒走出偏屋，看著已經站在廟宇大門口台階上的羅強，問道：「他是誰？」

羅強說道：「我怎麼知道那個人是誰？」

苗君儒說道：「你明知道郭家祖墳有官兵把守，根本無法靠近，卻堅持要我過來看，其實你的真正目的，就是要確定破廟裏的這具屍體，對不對？」他往前走了幾步，繼續說道：「你可以自己過來，也可以找幾個人陪你一起來，為什麼非得拉著我來？」

羅強的臉色微微一變，說道：「其實我也不知道死在這裏的人是誰。五天前我再一次來到這裏，正要離開時，看到有兩個人朝這邊走過來。我看那兩個人的打扮，不像是平常人，於是躲在一旁，看他們來這裏做什麼。他們進去後，很快就傳出打鬥聲，過了一會兒，其中一個人走了，另一個人沒有出來。我進到正殿，看到那個人靠在石臺上，身底下全是血。

全身是血的那個人見了我，顯得非常意外，他拿出半塊大洋，要我進城去找客來香酒樓劉掌櫃，我以為他也是玄字派的人，可當我說出本門切口的時候，他卻搖了搖頭，只說苗教授馬上就要到了，一再要我快點拿著半塊大洋進城去找我師叔。他死後，看在他認識我師叔的份上，我不忍心他的屍身被野獸糟蹋，就把他放進了那個棺材內。」

苗君儒問道：「你去找了你師叔沒有？」

羅強說道：「去了，我師叔見了那半塊大洋，沒有說別的話，只要我第二天帶馬大哥去一個地方。」

苗君儒問道：「就是那個拿出假石王的地方？」

羅強點了點頭，說道：「我怎麼都沒有想到，自從馬大哥從那下面拿出假石王之後，居然一連串發生了那麼多事情。我一直都惦記著棺材裏的那具屍體，我知道這個人的死，和那塊假的石王有很大的關係。我師叔不願告訴我真相，肯定有他的想法。昨天晚上我想來想去，覺得有必要帶你來一趟，因為那個人臨死前說你就要到了，我以為你們認識。」

苗君儒問道：「你有沒有再見過另外那個離開這裏的人？」

羅強說道：「沒有！」

苗君儒抬頭看了看已近正午的日頭，想起馬長風要用假石王換人的事，對羅強說道：「我們回去吧！」

羅強跟在苗君儒的身後，問道：「苗教授，你難道沒有別的什麼要告訴我的嗎？」

苗君儒笑道：「你認為我還會對你說什麼？」

羅強說道：「這座小廟和郭家祖墳到底有什麼關係？」

苗君儒說道：「如果有必要的話，你可以去問郭大善人！」

羅強碰了一個軟釘子，雖有些惱火，可臉上又不能表露出來，有些尷尬地跟在苗君儒的身邊。兩人還沒走到那棵大樹，就聽到郭家祖墳方向傳來槍聲。他們循著槍聲追過去，還沒跑出多遠，就見左邊的山林中鑽出兩個人來。

走在前面的一個年輕人看到苗君儒，猛地撲上前，摟住他哭道：「苗教授，我們終於找到你了！」

來的這個人，正是與苗君儒失散的那幾個學生其中的一個，跟在學生身後的那個人，卻是藤老闆的夥計詹林明。

苗君儒問道：「你們怎麼會出現在這裏？藤老闆和其他人呢？」

那個學生說道：「別提那個什麼藤老闆了，他是壞人！」

苗君儒大驚，問道：「藤老闆怎麼是壞人了？」

羅強指著山下說道：「官兵追上來了，此地不宜久留，走，找個安全的地方再說。」

十幾個士兵一邊胡亂朝山上開槍，一邊大聲咋呼著，沿著山路追上來。苗君儒他們正要跟著羅強離開，卻見那些士兵不再往上追，開了幾槍之後，轉身下山了。

苗君儒笑道：「他們膽子小，怕山上有鬼，行，就坐在這說吧！」

幾個人分頭坐在地上，那個學生說道：

「那天晚上你叫我們跟著藤老闆先走，你和程大峰留在後面照看那個女人，誰知道我們走了沒多遠，就被十幾個土匪給堵住了。他們蒙住我們的眼睛，把我們關在一個山洞裏。洞口本來有兩個土匪把守的，不知怎麼來了劉老闆，把那兩個守洞口的土匪給殺了。

「劉老闆和藤老闆帶著我們進了城，住在一處小院裏，說城裏很亂，官兵亂殺人，不讓我們外出，還派人守著我們。前天晚上城裏起火，我們趁著外面沒有人守，把門弄開，幾個人偷偷離開院子，卻看到幾個穿著黑衣服的蒙面人從屋頂上跳下來，進了藤老闆住的地方。

「我們偷聽到他們的談話，說的是日語，可惜我們聽不懂。有一個同學不小心弄出聲音，驚動了屋子裏的人，藤老闆和那些人追出來。其他人都被他們抓住了，只有我們兩個逃了出來。我們怕被藤老闆的人找到，找了一間沒有人住的地方躲了起來。

「後來屋子的主人回來了，說有土匪在城內放火，燒了不少房子，很多百姓逃出城，如今都回來了。我們兩個想出城找你，走到一條巷子裏，居然看到了那個土匪頭子和幾個土匪。我們偷聽到他們說話，有一個土匪說什麼羅二哥帶苗教授去郭家祖墳。於是我們兩個出城，問清了郭家祖墳的方向，哪知道還沒走到郭家祖墳，就遇到了官兵。官兵老遠就朝我們開槍，我們只有往山上逃，誰知碰巧遇到你。」

詹林明說道：「藤老闆是日本人，他來中國有幾十年了，不知道他底細的人，根本不會懷疑他是日本人。」

苗君儒面無表情地說道：「如果你僅僅是個夥計，不可能知道藤老闆的那些底細，他既然是日本人的特務，在中國的行動肯定也是很謹慎的，怎麼連身邊有一個軍統特務，都覺察不出來呢？」

詹林明說道：「不錯，我是軍統的人，我十二歲進入特訓班，十四歲奉上級之命到一家古董當夥計，主要是收集各個方面的情報。三年前，我所在的那家古董店虧本關門，藤老闆要我到他店裏當夥計，他是看著我長大的，根本不懷疑我的身分。苗教授，或許你身邊的某個同事，說不定也是我們的人呢！」

苗君儒問道：「對於藤老闆的底細，你還知道多少？」

詹林明說道：「正如你說的，他非常警覺，對身邊的人防範得很嚴，從來不讓別人進入他的臥室和書房。正因為這樣，我才覺得他有問題。就算是老虎，也有打盹的時候。幾個月前，我趁他外出，終於進入了他的書房，在一堆燒過的紙灰裏，找到了一小片沒有燒盡的字條，字條上居然有『潼關』這兩個字。

「從三八年到三九年，日軍多次進攻陝西，但都在潼關被擋住。區區一個古董商人，怎麼會燒掉來往信件，又怎麼會關心潼關呢？我向上級彙報了之後，上級要我不得輕舉妄動。直到他要我陪他來興平，我都沒有接到上級的下一步指示。」

苗君儒問道：「那你知道劉水財和藤老闆的關係嗎？」

詹林明說道：「我一直不知道有劉水財這個人，是藤老闆帶我們路過西安的時候，才認識他的。在山上，當劉水財帶人來救藤老闆的時候，我就覺得他們的關係，絕對不是朋友那麼簡單。」

苗君儒說道：「我也可以告訴你，劉水財劉老闆的另一個身分，是滿洲帝國的軍事參謀！」

詹林明微微一怔，說道：「這就不難解釋了。一個是滿洲帝國的軍事參謀，而另外一個則是日本間諜。苗教授，你認為他們兩人相互勾結，到底是為了什麼？」

苗君儒說道：「現在還說不準，但是我肯定，尋找真正的石王，是他們的計畫之一。」

詹林明問道：「苗教授，現在我們該怎麼辦？」

苗君儒問道：「興平城內也有你們的人，是不是？」

詹林明說道：「當然有，但是我無法跟他們聯繫。我們只接受上級的指派和命令，不會隨便接觸和暴露身分。雖然城內有國軍，但都是雜牌部隊，他們恨軍統和中統，不會把我這個軍統的人放在眼裏，更不可能聽我的命令。與其靠他們，還不如靠我自己。」

苗君儒說道：「要想對付藤老闆，憑你一個人的力量，只怕難以成功，所以你必須找幫手！」

詹林明說道：「是的！藤老闆要你和他一起來陝西，肯定有他的計畫，所以我想先找到你，弄清楚他的真正目的，再想別的辦法。」

那個同學說道：「苗教授，其他同學還在那個藤老闆的手裏呢，得想辦法去救他們！」

苗君儒沉默了片刻，說道：「放心吧，他們除了暫時沒有自由外，還不會有生命危險。藤老闆那麼做，是想控制我！」

他想了一下，接著對詹林明說道：「要對付藤老闆他們，單靠我們幾個人的力量恐怕不行，你和我的學生去西安，想辦法搬救兵來！」

詹林明說道：「那你呢？」

苗君儒起身說道：「我和羅強進城一趟！」

就在苗君儒計畫和羅強進城的時候，程大峰正在聽劉掌門講述整件事的經過，而他們一點都沒有覺察到危險正一步步的逼近。

卻說程大峰揑著苗君儒拋給他的天地鎮魂金，跳牆離開了翠花樓，但他不敢走得太遠，躲在翠花樓旁邊的一棟房子裏，仔細聽著外邊的動靜。上午的時候，他聽到街上的人說，一個教授殺了縣長的兒子，卻被幾個土匪劫走了。他一聽苗君儒已經沒事，便換了一身衣服，打扮得像一個當地人的模樣，來到已經燒毀的客來香酒樓前。

客來香酒樓雖然被大火燒過，但主體框架並沒有損壞，門前聚集了不少人，朝著酒樓指指點點。

程大峰坐在一處不起眼的巷子口，看著酒樓門前的人群，坐了約莫一個多小時，也沒見馬長風的影子，更沒有見到他要等的人。倒是看到幾個精壯漢子，在人群中轉來轉去，一副很焦急的樣子。

眼看已近中午，估計馬長風不會來了，他正要起身，從背後伸過來一隻手，扶在他的肩膀上。

他將身子一矮，抓住那隻扶住他肩膀的手，正要借力甩出去，卻感覺那隻被他握住的手軟若無骨，耳邊傳來一個嬌羞的聲音：「你能不能輕點，抓得人家好疼呢！」

他聽出聲音，正是他要等的人，趕緊放開手，說道：「對不起，我不知道是你！」

程大峰的話還沒有說完，臉上卻像女人般泛起了紅暈，他長這麼大，還是第一次牽女孩子的手，想不到竟是在這種情況下。

他面前的這女孩也換了一身打扮，上半身是一件藍色碎花衣，下半身穿著黑色直筒褲，腳上是一雙白底繡花鞋，梳著兩條辮子，一副小家碧玉的模樣。

她微笑著，露出兩個可愛的小酒窩來，說道：「你不是說你的馬大哥，會到這裏來救那個什麼小玉姐的嗎？」

程大峰說道：「是呀，可是他還沒來呢。」他似乎想起了什麼，問道：「我們認識這麼久，我還不知道你的名字呢！」

女孩笑道：「叫我玉潔吧！」

程大峰心裡想道：苗教授說朱福的女兒叫作小玉，之前見過的那個小玉姐，也說是朱福的女兒，在這兩個人中間，肯定有一個是說假的。

程大峰想到這裏，他從衣兜內拿出那塊天地鎮魂金，遞了過去，接著說道：「這東西還給你！」

看著她接過天地鎮魂金，小心地戴在脖子上，程大峰忍不住又問：「這東西你真的從小就戴在身上的嗎？」

聽了這話，玉潔似乎很生氣，說道：「你都已經問第三遍了！」

天地鎮魂金是掌門人的信物，朱福作為地字派的掌門人，將信物戴在女兒的身上，是合乎情理的。如果眼前這個叫玉潔的女孩，真是朱福的女兒，那麼，小玉姐又是什麼人呢？

玉潔見程大峰似乎在思索什麼問題，於是問道：「你在想什麼？」

程大峰醒過神來，問道：「你的事情辦完沒有？」

玉潔說道：「還早著呢！我看你的馬大哥估計不來了，走，我帶你去見一個人！」

就目前這情況，估計馬長風不會來了，程大峰跟著玉潔轉了幾條巷子，進了一扇小門，拐過寫著一個福字的照壁，來到一間平房前。在房子的邊上，站著幾個穿短褂的勁漢。

玉潔朝裏面說道：「爹，我把他帶來了！」

屋裏面傳出一個蒼老的聲音：「玉啊，讓他進來吧！」

玉潔朝程大峰做了一個請的手勢，他猶豫了一下，慢慢地走上前推開門。借著外面的亮光，他看清屋裏面有兩個人，其中一個躺在床上，另一個坐在床邊。坐在床邊的那個人，是他之前見過的劉掌門，而躺在床上的那一個，則是要馬長風帶著小玉離開的朱福。

程大峰愣了一下，說道：「劉……掌門！」

劉掌門指著旁邊的一張凳子，說道：「年輕人，坐吧！」

程大峰坐下來之後，劉掌門問道：「你是苗君儒教授的學生？」

程大峰有些拘謹地說：「是的！」

劉掌門問道：「你們是怎麼來這裏的？」

程大峰便把苗君儒和他們這些學生，在藤老闆的資助下來陝西考古，途經西安認識了劉水財，在馬嵬坡附近遇到了小玉姐，以及後來發生的事情都說了。

躺在床上的朱福喘了幾口氣，說道：「想不到居然發生了這麼多事，情況越來越複雜了，說不定苗教授到現在還不明白是怎麼回事呢！其實我應該和他見上一面的！」

程大峰說道：「想見他還不簡單嗎？他應該還在城裏，你們派人找到他，帶他來這裏不就行了？」

劉掌門說道：「可沒你想的那麼簡單！」

外面傳來玉潔走來走去的細微腳步聲，程大峰想起心中的疑惑，於是問道：「朱先生，你有幾個女兒？」

朱福說道：「只有一個，怎麼啦？」

程大峰問道：「苗教授說，脖子上有戴著『天地鎮魂金』的，應該就是你的女兒小玉，因為他當年在你家時，見過你的女兒小玉，當時脖子上就戴著『天地鎮魂金』。而上次你見到馬大哥的時候，卻叫馬大哥帶著小玉姐離開這裏。」

朱福又咳了幾聲，吐出一大口血痰，吃力地說道：「劉……兄弟，還是你……來告訴他吧！這孩子……跟苗……教授一樣，什麼……事情都想弄……明白！」

劉掌門微笑了一下，說道：「玉潔自幼得一怪病，我遍訪名醫，均束手無策。一黃字派高人替她算過一命，說她活不過十歲。若想保住她的命，除非用地字派的掌門信物天地鎮魂金，作為她的護身符，可保她活到十八歲。在她十八歲之前，如果能夠找到傳說中的萬古神石，或者千年血靈芝，就能治癒她的病，否則就是神仙都沒辦法。朱兄弟為了保住玉潔，不惜拿出他的掌門信物，還將玉潔收為義女，苗君儒當年在他家看到的，乃是我的女兒玉潔。」

程大峰終於明白過來，原來小玉真是朱福的女兒，而玉潔則是姓劉不姓朱。他問道：「什麼是千年血靈芝？」

劉掌門解釋道：「其實這千年血靈芝，就是從死人的棺木中長出來的東西，叫棺材菌，也叫地靈芝或龍棺菌。棺材菌並非普通之物，死者生前吃參太多，人死之後，還有參氣，入土埋葬之後，參氣凝聚不散，日子一久，棺中屍體口裏，便吐出菌柄來，一直伸展出棺蓋外，在棺材頭結成菌，這就是棺材菌了！色紅如血的才叫血靈芝，乃是人間奇珍，而千年血靈芝更是難得，可遇而不可求。地字派的兩位前輩高人，一生盜墓無數，也只見過一株百年血靈芝。」

想不到千年血靈芝和萬古神石一樣，都是極其難尋的珍品，看來玉潔的情況不容樂觀，程大峰想到這裏，問道：「那玉潔今年多大了？」

劉掌門說道：「正好十八歲！」

程大峰急道：「那你們找到千年血靈芝或萬古神石沒有呢？」

劉掌門苦笑了一下，說道：「千年血靈芝可遇而不可求，但這麼多年來，朱兄弟一直都在努力尋找這兩件東西，幾個月前，他總算有了一點關於萬古神石的線索，誰知竟會發生那樣的事！」

程大峰問道：「到底發生了什麼事？」

劉掌門說道：「年輕人，我把整件事情的經過告訴你，你就明白了！」

他和朱福相視了一眼，接著對程大峰說道：「萬古神石乃上古神物，相傳能顛倒陰陽，能保住死人的屍身千年不腐，若再施以奇術，甚至能起死回生。擁有此物者，能借助上天神力一統乾坤。萬古神石到底是何物，沒有一個確切的說法，有人說是和氏璧，也有人說是河圖洛書，還有人說是女媧補天留下的最後一塊五色玄石……」

程大峰忍不住說道：「傳說不一定存在，和氏璧後被秦始皇做成了傳國玉璽，在後唐就失蹤了；苗教授懷疑傳說的河圖洛書，不過是一塊刻著神秘符號的大石頭；至於女媧補天留下的最後一塊五色玄石，就更加說不過去了，我們考古學者對歷史上有沒有女媧這個人，還爭論不休呢！」

朱福的臉色有些不悅，說道：「年輕人，聽……聽劉兄弟把……話說完，你再說也不遲！」

冒然打斷別人的話，確實是不禮貌的，程大峰抱歉地朝劉掌門笑了笑。

劉掌門似乎並不介意程大峰的魯莽，繼續地說道：「當年朱兄弟也和苗教授討論過這個問題，兩人爭論了一夜，最後連苗教授都相信，萬古神石的傳說極有可能是真的。千百年來，不斷有人尋找萬古神石，我師兄徐渭水也是其中的一個。

「五年前，我師兄回到興平，他走遍了南北，看過不少帝王與權臣的墓葬，最後斷定萬古神石與馬嵬坡兵變有很大的關係，很有可能被唐玄宗放在了楊貴妃的身邊。楊貴妃生前患有氣虛之病，長期服用人參，若能找到楊貴妃的真墓，興許能同時找到兩樣東西。於是我們在興平住了下來，暗中尋訪楊貴妃的真墓。朱兄弟在興平周邊這一帶的山上，至少找到三十座大官的墓葬，其中有七座是楊貴妃的假墓。

「駐紮在興平城的董團長，通過其師爺宋遠山，找到了朱兄弟，逼著朱兄弟帶著他盜墓，說是挖出死人的浮財以濟軍資，等隊伍擴充完畢，就前往潼關抗日！

「為了抗日大業，朱兄弟答應了他們的要求，幫他們從墓葬中盜了不少浮財。誰知董團長的上司余師長得到消息，也派人找到朱兄弟，要朱兄弟帶著他們發大財！董團長擔心朱兄弟跟了余師長後，斷了他的財路，暗中派人搶走了小玉。朱兄弟被逼無奈，誘使董團長進入一處墓穴，喪身於墓道的機關。

「可是我們怎麼都沒有想到，宋遠山狼子野心，早有心除掉董團長取而代之，他見董團長已死，便找了一個貌似董團長的人替代董團長，並要朱兄弟儘快找到萬古神石。其實朱兄弟早就看出興平郭家祖墳的秘密，有可能就是楊貴妃真墓的入口。雖然郭家祖墳世代都有人把守，根本不讓外人靠近，但難不倒他。他一直沒有動手的原因，是因為郭家的祖上曾經有恩於我們玄字派，郭家祖墳的風水，是玄字派的高人看的，那位高人下了血咒，有敢於盜墓者，必遭天遣。郭家是楊貴妃的護陵人，而我們玄字派，卻是郭家的守墓人。」

劉掌門停頓了一下，喘口氣接著說道：

「我師兄徐渭水拿出一塊五色玄石，並要朱大哥和我精心佈置了一處墓穴，放上那塊五色玄石冒充石王。接下來，就是去找宋遠山，幾個人一起進去，拿出假的石王換回小玉。但是宋遠山卻不相信我們，說要找一個人來驗證石王的真假。

「朱大哥想來想去，想到了苗君儒教授，因為苗教授和他是莫逆之交，以苗教授的學識和在古董界內的名氣，只要是說真的，就沒有人敢不信。於是朱大哥要我派人去一趟重慶，把苗教授請過來，結果我還沒派人出城，朱兄弟就被官兵追殺，碰巧遇到了土匪馬鷂子，流血過多而假死。馬鷂子進城救出小玉後，我得到小玉從山上送來的消息，上山找到那座墳，暗中挖出了朱大哥，為了以防萬一，我另外找了一具屍體埋了進去。

「朱大哥醒來之後，要我轉告小玉，派人去重慶請苗教授來，說只有苗教授才能破解郭家祖墳血咒的。我沒有想到的是，馬鷂子手下的一個人，是我三年前在郭家祖墳遇到的那個年輕人，他就是我師兄的徒弟，叫羅強。」

程大峰說道：「我見過那個人，他看人的時候，眼睛都是斜視著的，絕對不是善類！」

劉掌門繼續說道：「那個人是興平本地人，他說他的父母都是被郭大善人害死的，他回來是要報仇。我告訴他，要報仇可以直接去找郭大善人，絕對不能動郭家祖墳，否則他會死無葬身之地。我師兄帶了他三年，教給他一些風水堪輿和陰陽異術，後來讓他給臨潼的黃字派高人半指仙做義子，沒想到，他居然在娶媳婦的當晚，殺了半指仙和自己的新媳婦，從此不見蹤跡。」

程大峰說道：「他先後跟過黃字派和玄字派的高人，看來學了不少本事，他完全可以憑本事混飯吃，為什麼要去當土匪呢？」

劉掌門說道：「那我可不知道了。」

程大峰問道：「小玉姐知道她爹沒死，怎麼還跟著馬大哥他們呢？」

劉掌門說道：「朱兄弟雖有脫陽護身之術，但假死之後被埋在土裏的時間太久了，我費了很大的勁才讓他活過來，他的情況並不樂觀，說不定隨時都有可能死去。所以我並沒有把朱兄弟還活著的消息告訴她，只想等朱兄弟完全好了之後，再讓他們父女團圓。再說了，我聽說羅強帶著馬鷂子的人挖了不少墓葬，而且和城裏的官兵做生意。我當心朱兄弟還活著的消息被宋遠山知道，會對我們不利。」

程大峰問道：「你們和宋師爺一同住在城內，他怎麼不知道呢？」

劉掌門說道：「那天我帶你和馬鷂子進去的宅子，原本就是宋遠山的，幾個月前以五千大洋的價格賣給我，我把朱兄弟藏在那裏，他絕對想不到。」

程大峰說道：「那宅子下面到處都是地道呢！」

劉掌門說道：「是啊，我也是後來聽玉潔說的，我要是早知道的話，就用不著挖那條地道了！」

程大峰的心裏咯噔了一下，那天和玉潔躲入宅子下面的地道後，玉潔似乎對地道很熟悉，連玉潔都熟悉的地方，劉掌門怎麼會不知道呢？他既然知道，又為什麼費那麼大的力氣，挖那條地道呢？

劉掌門見程大峰不說話，繼續說道：「朱兄弟的身體沒有復原，我不敢輕舉妄動。那次我上山見她，跟她說了想去請苗教授的事，但是我沒有想到，她居然要馬鷂子去了一趟重慶，沒多久，苗教授就來到了興平。我正要安排朱兄弟和苗教授見面，卻發現苗教授已經被我弟弟劉水財盯上了。我弟弟劉水財當年與我同爭掌門之位，失敗後不知所蹤，一年前，他出現在西安，轉下了一個姓嚴的老闆的古董店，做起了古董店老闆。他找到我，要我和他一樣投靠滿洲帝國，他承諾，只要我幫他找到傳說中的萬古神石，就封我為護國大法師。」

程大峰問道：「你答應他了？」

劉掌門搖了搖頭，苦笑道：「我要是答應了他，就不會出現如今的情況了。」

程大峰問道：「那後來呢？」

劉掌門說道：「我雖然沒有答應他，但也沒有拒絕。宋遠山想得到萬古神石，我弟弟也在打萬古神石的主意，他們肯定得到了什麼消息，不知……」

說到這裏，聽得外面傳來幾聲慘叫，接著傳來玉潔的叫聲：「爹！」

那叫聲顯得非常驚慌與無助，不知外面發生了什麼事。

第三章

玄字派的祖廟

苗君儒並未走遠，前行一段路後折入了樹林中，
藉著樹木的掩護尾隨羅強而去。
過了山嘴，果然見羅強朝那座小廟走去。
當羅強帶他來看郭家祖墳的時候，
他知道這個傢伙醉翁之意不在酒，郭家祖墳的秘密，
想必羅強早就知道了，為什麼遲遲不動手，恐怕另有原因。

程大峰一個箭步衝出門，見院子裏不知何時站了幾個蒙面人，為首的就是他在城隍廟旁邊石橋上見過的那個人。原本站在屋子旁邊的那幾個壯漢，已經身首異處地倒在血泊中。

程大峰驚道：「你怎麼來了這裏？你把馬大哥和小玉姐怎麼了？」

那個人看著程大峰，說道：「我已經讓人給他捎了話，明天中午在郭家祖墳，拿東西去換人！」

程大峰叫道：「想不到你這麼卑鄙，說好了的事居然不算數！」

那個人笑道：「人在我的手裏，是他求我！在哪裏跟他換人，應該由我來定！我想怎麼樣就怎麼樣，誰都管不了！」

程大峰說道：「這裏不是淪陷區，由不得你們日本人亂來！識相點的趁早滾回去，免得死在這裏，變成流落異鄉的孤魂野鬼！」

那個人哈哈大笑了幾聲，說道：「憑你的那點本事，也敢說這樣的大話？」

程大峰說道：「我們有四萬萬同胞！」

那個人說道：「可是你們現在只有四個人！」

程大峰扭頭對玉潔說道：「我先擋住他們，你帶你爹和朱前輩他們走！」

那個人說道：「給你一個機會，你要是能贏了我，我就放過你們，怎麼樣？」

程大峰看出這個人眼中充滿了傲慢與不屑，於是說道：「我們中國有規矩，比武之前必須先通報姓名和身分，我叫程大峰，是苗教授的學生，你呢？」

那個人說道：「你不需要知道我的名字，我也沒有必要遵循你們中國人的規矩。」

程大峰說道：「我聽苗教授說過，你們大和民族的武士道精神其實跟我們中國的武德一樣，都是把個人的德行修為與榮譽放在第一位的。你不尊重我，其實也是不尊重你自己。你連名字都不敢說，是膽怯麼？如果日本武士都和你一樣，那也太令我失望了！」

有兩個蒙面人似乎被激怒，正要衝上前，卻被那個人喝住，那個人沉默了片刻，說道：「我叫三浦武夫，是甲賀派忍者。」

程大峰知道日本忍者的派系很多，但屬甲賀與伊賀這兩派最出名，忍者通常進行偵察、偷襲、暗殺等活動。伊賀忍者強調的是個人作戰能力，甲賀忍者強調的是集體作戰能力。伊賀忍者效力於出價最高的雇主，而甲賀忍者則只對自己的主公盡忠。

所有的忍者，都只是別人手裏的工具，他們無謂生死，為達到目的不擇手段。由於他沒有和忍者對陣過，所以上次吃了大虧，眼睜睜地看著幾個忍者劫走了小玉姐。他若一對一的對陣其他的忍者，或許還有贏的希望，可面前這個叫三浦武夫的人，是那些忍者的頭，武功肯定不低，真正比試起來，只怕還過不了十招。苗教授對他說過：當面對強敵時，要分析當前的情況，不能力敵時，那就只有智取。

程大峰說道：「我們以三招定輸贏，怎麼樣？」

三浦武夫點了點頭：「同意！」

程大峰接著說道：「如果三招之內，我沒有贏你，你也沒有把我打倒在地，我們就算平手。你是甲賀派高手，而我只是後生小子，從比武規則上來說，你不能以強凌弱，若是平手，就算我贏！」

三浦武夫說道：「如果我一招之內打不倒你，就算我輸了！」

程大峰覺得自己雖然打不過三浦武夫，但要在對方的手下走一招，估計困難不大，他握緊了拳頭，正在考慮著怎麼對付這個甲賀派的高手時，卻聽到身後傳來一個渾重的聲音：「以你的武功欺負一個孩子，不覺得太可恥了嗎？」

程大峰扭頭一看，見劉掌門從屋內走出來。

三浦武夫問道：「你是誰？」

劉掌門正色道：「你出現在這裏，難道還不知道我是誰嗎？你說你是甲賀派的忍者，使我想起了一個人，佐藤義男是你什麼人？」

三浦武夫的眼中閃過一抹疑惑，說道：「他是我師父！」

劉掌門笑道：「我等了他十幾年，沒想到卻等來了他的徒弟，他呢？怎麼不敢見一見我這位老朋友呢？」

三浦武夫朝劉掌門鞠了一下躬，說道：「我師父去世的時候，還念念不忘他的中國朋友！」

劉掌門笑道：「他沒有得到想要的東西，只怕是死不瞑目吧！當年他害死了我師父，我們要不是擔心讓你們日本人借題發揮，也不會就那麼輕易放過他！你來陝西的目的，只怕也是跟他一樣吧！」

三浦武夫乾脆扯下面上的黑布，露出一張稜角分明的面孔來，他面無表情地說道：「你只猜對了一半！」

劉掌門恨恨地說道：「狼子野心！屬於中國的東西，豈是能被你們奪走的！」

三浦武夫笑道：「你們中國不是講究弱肉強食、適者生存的道理嗎？為什麼大英博物館裏面，有那麼多中國的東西？」

劉掌門說道：「什麼樣的師父，就會教出什麼樣的徒弟，當了婊子還想立個大牌坊，這就是你們的強盜理論。少說廢話，你既然已經找到了我們，想怎麼樣儘管來！」

三浦武夫收起笑容，說道：「我有兩個目的，第一是要完成師父的遺願，至於第二，沒有必要告訴你們！」

劉掌門冷冷道：「你師父拿不到的東西，你同樣得不到，你死了這條心吧！」

三浦武夫在原地來回走了幾步，說道：「你們中國有句俗話，叫識時務者為俊傑，你不會不懂吧？」

程大峰忍不住大聲道：「你就是殺了我們，也得不到！」

三浦武夫冷笑道：「我知道你們都很有骨氣，殺了你們也沒用，留著你們的命，卻很有用！」

劉掌門的身形一晃，已經飄到了程大峰的前面，他的身形未停，而是直接朝三浦武夫飄了過去。程大峰驚駭之下，正要奮力上前相助，不料右手被身邊的玉潔抓住，往另一邊拖去。

程大峰的耳邊突然傳來劉掌門那渾厚的聲音：「你們快走，去找苗教授！」

程大峰怎麼都沒有想到，玄字派的掌門人，居然還是一個武林高手。他被玉潔往屋後拖去的時候，看到劉掌門和三浦武夫的身影攪到了一起，而那幾個蒙面忍者，則向他們追來。

苗君儒看著詹林明和那同學順著山路朝西安方向去了之後，便對羅強說道：「我想進城去找韓縣長，好好跟他談一談。」

羅強驚道：「他認為你殺死了他的兒子，你去找他，豈不是自投羅網嗎？」

苗君儒說道：「謝謝你的提醒，但是我認為有必要和他見一面。如果你還有事，我們就此別過！」

羅強見苗君儒要和他分開，覺得有些意外，立即說道：「苗教授，還是我陪你一起去吧，城內還有不少我的兄弟，萬一有什麼事，也好有個照應！」

苗君儒說道：「不用了！韓縣長就是再恨我，他也不能置民族大義於不顧，更何況，我已經知道韓少爺的死因了！」

羅強奇怪道：「你是怎麼知道的？」

苗君儒諱莫如深地說道：「見到他之後，我自然會告訴他！」他往前走了幾步，回頭說道：「如果我是你，與郭大善人有不共戴天之仇，就算我自己不能動郭家祖墳，也會讓手下的兄弟帶著炸藥，把郭家祖墳炸個稀巴爛！」

羅強望著苗君儒的背影，眼中閃過一抹怨毒之色，他的手不自然地伸向腰間，握住了手槍的把子，但他並沒有把槍掏出來，而是朝地上啐了一口，轉身朝小廟那邊走去了。

其實苗君儒並未走遠，前行一段路折入了樹林中，藉著樹木的掩護尾隨羅強而去。過了山嘴，果然見羅強朝那座小廟走去。

當羅強帶他來看郭家祖墳的時候，他就知道這個傢伙醉翁之意不在酒，郭家祖墳的秘密，想必羅強早就知道了，為什麼遲遲不動手，恐怕另有原因。至於小廟裏的那具屍體，才是羅強帶他來的真正目的。

或許羅強認為死者與他有什麼關係，只可惜死者已經高度腐爛，無法辨清其真容。

羅強進小廟的時候，朝外面看了看，似乎擔心後面有人跟來。

苗君儒悄悄來到小廟側邊的斷牆邊，正要翻牆進去，卻聽到裏面傳來說話的聲音：「你怎麼又回來了！」

羅強說道：「原來是師叔，我以為是什麼人呢！我和苗教授在這裏的時候，我就覺得山林裏面有人，還以為是上次見到的那個人，所以轉過來看看。」

苗君儒聽得那個聲音有些熟悉，便偷偷探出頭去，只見那個站在羅強面前的人，居然就是劉水財。

劉水財說道：「當我聽手下的人報告說，你和苗教授兩人出了城，我就知道你會帶他來這裏，於是我就跟著來了！你以為這裏是什麼地方，是隨便帶人來的嗎？」

羅強說道：「師叔，我沒有別的意思，就是想知道躺在棺材裏的那個人到底是誰。上次你說就怕苗教授知道真相，我以為他會認識那具死屍，所以就帶他過來了！我並沒有告訴他棺材裏有人，是他自己聞到屍臭進去看的！」

劉水財說道：「別以為我不知道你小子一肚子的壞水，我可以明明白白的告訴你，就是棺材裏的人活著，苗教授也不認得他！我看到你和苗教授對著郭家祖墳指指點點的，他是不是看出來了？」

羅強說道：「憑他的本事，不可能看不出來的！」

劉水財問道：「那他有沒有看出這裏的秘密？」

羅強說道：「他只看了棺材裏的屍身，又說大殿裏曾經發生過劇烈的打鬥，還說這座小廟有上千年歷史，可能與郭家祖墳的秘密有關，其他的就沒有多說了！師叔，你既然說不能隨便帶人來這裏，那你乾脆告訴我，這裏究竟是什麼地方？」

劉水財問道：「你真的想知道？」

羅強點了點頭。

劉水財說道：「你到大殿門口，先朝裏面磕上三個響頭，我再告訴你！」

羅強猶豫了片刻，到大殿門口，跪著朝裏面磕了三個響頭，而後回到劉水財的身邊。

劉水財看了一下四周，說道：「這座小廟，其實是玄字派的祖廟，廟裏供著的，是我們玄字派的祖師爺。玄字派雖然是南派，但每一代掌門上任之後，都要到這裏祭拜祖師爺。我要你朝大殿磕頭，是因為你作為玄字派的弟子，有幸知道祖廟所在，理當磕頭。祖廟裏放著一具棺材，是給掌門人準備的。

「每一代的掌門人去世後，繼任掌門前來祭拜祖師爺，將棺材運出去安葬上代掌門，而將屬於自己的棺材放在這裏。跟隨繼任掌門前來祖廟的人，為了守住祖廟的秘密，不惜給上代掌門殉葬。我們玄字派最大的秘密，就是祖廟的秘密，而祖廟的秘密，其實就是郭家祖墳的秘密。每代掌門人的手裏，除了掌門信物之外，還有上代掌門人親口相傳的祖廟秘密。玄字派的歷代掌門一直都恪守著祖訓，絕不將本門派的秘密告訴第二個人。直到前任掌門人去世前，才打破了祖訓。」

劉水財接著說道：「在天地玄黃四派中，唯我玄字派門下弟子眾多，但都分散於各地，每個省都有堂口，每個堂口有一名主事，只有遇到重大事件，才會通知各處堂口主事。

「玄字派的上一任掌門是我爹，我爹在執掌門派之後，就按規矩物色下一代掌門的人選，當時他看來看去，覺得我師兄，也就是你師父徐渭水，在眾多的弟子當中是最出色的，於是將你師父暫定為掌門人選。我爹並不知道，其實我哥早就盯上了掌門之位，可惜他年輕的時候看風水走了眼，遇地字派的門人朱福出手相助，才逃過一劫。雖說他後來長了不少本事，可犯過錯的人，怎麼能夠跟你師父相比呢？

「你師父很有本事，但在心計上，卻遠遠比不過我哥。我哥摸透了他的性格，略一遊說就誘他出走。我哥又利用我爹的私心，以上古帝王禹傳位給兒子啟的故事，要我爹在我們哥倆中間選一個繼任掌門的人選。我自幼聰慧，深得本門秘術，所以在江湖上闖出了一些名聲。我爹按我哥的意思，培養我當繼任掌門。俗話說知子莫若父，可是最瞭解我哥的人卻是我。我雖然也想當掌門，但怕被我哥陷害。

「到後來，我爹似乎看出了我哥的野心，和我哥談了一次，要我哥好好幫我管理門派。我哥答應了我爹的要求，但要我爹說出本門的秘密。歷來小廟的秘密，只有掌門人才知道，我爹不忍心我們兄弟相殘，迫不得已違背祖訓，告訴了我們兩個人。我爹一死，本應是我繼任掌門，誰知我哥早就串通好了幾個省的主事，擁戴他為掌門。我一氣之下離開玄字派，學著你師父的樣子浪跡江湖，這一走就是十幾年。」

劉水財歎了一口氣，繼續說道：「十幾年漂泊四方，風餐露宿，有時迫不得已寄人籬下，那種日子簡直不堪回首，我受夠了，我要拿回屬於我自己的東西！」

羅強說道：「我師父從來沒有對我說過玄字派的事情。」

劉水財說道：「他當然不會告訴你，因為他根本沒有把你當成他的徒弟。當年他收留你，並不是看到你可憐，而是因為你對他有用。」

羅強說道：「我只不過是一個流浪街頭的孩子，對他有什麼用呢？」

劉水財說道：「你跟了他幾年，難道沒見過他用小孩墊棺材底的事？」

羅強繼續說道：「我只有見過一次，那小孩是事主家弄來的，直接活活打死之後，用大釘子釘在棺材背面。我也問過師父為什麼要那麼做，師父卻不願說。」

劉水財說道：「那叫小鬼運財，是玄字派秘術的一種，算準了死者的生辰八字，找一個童男，按六合方位釘在棺材的背面上，事主家將會財源滾滾；但若運用不當，事主家不但不來財，相反還會惹上鬼禍，輕則喪財敗家，重則人命不保。會用這種秘術的人並不少，只是由於太過陰毒，有損自己的陽壽，所以沒有幾個人願意使用。除非事主家提出要用這種秘術，而且肯出大價錢。

「你師父帶著你走遍四方，並沒有將你墊棺材底，想必是沒有找到合適的事主，否則的話，你哪裏還有命在？他若真把你當徒弟，又怎麼捨得把你送給半指仙做義子呢？」

羅強點了點頭，覺得劉水財的話有幾分道理。他看了看擺放在廂房內的那口棺材，說道：「那個躺在棺材裏的人是誰，為什麼會死在這裏？」

劉水財說道：「那兩個人不是玄字派中人，按理說不可能知道這裏是祖廟。但是他們卻很奇怪地出現在這裏。躺在棺材裏的那個人，不僅知道苗教授要來，而且在臨死前要你把半塊大洋交給我哥，他們和我哥之間的關係應該很密切。小玉要馬鷂子去重慶的事，有幾個人知道？」

羅強說道：「除了我們幾個和手下的兄弟，並沒有外人知道。除非小玉一直和劉掌門有聯繫，要不然劉掌門怎麼可能派人盯著苗教授有沒有來呢？他為什麼不派本門派的人，而要派別人呢？」

劉水財說道：「我哥很有心計，這幾年他一直行蹤詭秘，我懷疑他勾結江湖上的其他幫派，在幹一件大事。你把那半塊大洋送去後，我以為我哥會派人來運走那個人的屍身，沒有想到他卻要你帶著馬鷂子找到了那處被裝扮過的洞穴。上次你派人送信給我，說了那洞穴裏面的情況。我就懷疑我哥和你師父徐渭水，極有可能違背了祖訓，進入了楊貴妃的真墓中。按著真墓裏面的樣子，佈置了那處假墓。他們騙得了宋遠山，卻騙不了我！因為玄字派的那本掌門秘冊上，有一幅畫著城門的圖，和你說的洞穴裏面的情況很相似。」

苗君儒聽到這裏，內心暗暗吃驚，劉水財只單憑羅強所說的假墓情況，就可斷定劉掌門和徐渭水進入了楊貴妃的真墓。他想起那塊放在木盒子裏面的琉璃墓磚，楊貴妃的真墓極有可能是用琉璃墓磚砌成的，而能夠拿出琉璃墓磚的人，自然就是進去過的人。劉掌門和徐渭水是玄字派的人，盜墓打洞並非其所長，要想進入楊貴妃的真墓，還得一個人相助，那個人就是看山倒朱福。

羅強說道：「如果他們進去了，肯定就拿出了真的萬古神石，可是真的石王呢？」

劉水財說道：「只要你按著我所說的去做，會讓你見到真石王的。你立即追上苗教授，和他在一起。我哥既然要苗教授過來，沒有理由不見面的！」

羅強說道：「苗教授對我起了疑心，他的警覺性很強，好像對任何人都不相信！他和我分開後，說是去找韓縣長。韓縣長怪他殺死了韓少爺，要拿他問罪，我剛把他救出來，他倒好，自己送上門去！」

劉水財冷笑道：「據我所知，他雖然是個考古學教授，卻經常遊走於江湖，江湖經驗自然老到，你在他的眼裏，還嫩了點。」

羅強說道：「但是苗教授卻說，韓少爺是中了屍毒，他去找韓縣長，就是要給韓縣長一個交代。以韓少爺的為人，每天只知吃喝嫖賭，怎麼有可能中屍毒呢？」

劉水財冷笑道：「我正要問你呢？玄字派的秘術中，有一種東西叫散魂毒，是用特製的藥粉，加上新鮮的腐屍汁調製而成，只需在別人的身體上劃破一點皮肉，見血就行。中了散魂毒的人如同中了屍毒，不消一個時辰便會毒發，喪失本性見人就咬。施術者趁機上門遊說其祖墳有異，祖宗魂魄在地下不安，影響到生人，只需調整祖墳的位置或者遷墳另行安葬，可保生人無恙。事後收人錢財，偷偷替中毒者服下解藥，萬事大吉。

「苗教授和他的學生被賽孟德安排在翠花樓住下，韓少爺所在的房間恰好在他們的隔壁，而你自幼在翠花樓長大，對裏面的情況瞭若指掌，你師父行走江湖時，不可能沒有教你那種秘術吧？」

羅強嘿嘿地笑了幾聲，說道：「師叔就是師叔，怎麼都瞞不過你！不是你要我接近苗教授的嗎？如果我不那麼做，又怎麼能夠出手救他，得到他的信任呢？」

劉水財說道：「可最終他並沒有相信你！時候不早了，你也該回城去辦你的事了！我有一句話要送給你，人不利己天誅地滅！事成之後，咱們爺倆各取所需，誰也不欠誰的！」

羅強笑道：「那我可多謝師叔了！」

聽著兩人的腳步聲漸漸離去，苗君儒從斷牆後面探出頭，他望著兩人的背影，心中升起諸多疑惑。劉水財投靠了滿洲帝國，在勸說劉掌門未果的情況下，想要得到萬古神石，恐怕並非易事。宋遠山不過是劉水財的一顆棋子，像這樣的棋子，多一顆不算多，收攏羅強為其所用，是情理當中的事情。問題是羅強在郭家祖墳遇到的人是劉掌門，怎麼跟劉水財勾搭上的呢？

劉水財說劉掌門這幾年行蹤詭秘，是在幹一件大事，究竟是什麼大事呢？這座破廟既然是玄字派的祖廟，為什麼劉掌門任其荒廢，而不派人修葺呢？

他站在廟門口，仔細端詳起這座破廟來。正如他之前所看的那樣，廟宇的牆基的紋理和石質無不證明，廟宇已經有一千多年的歷史，最起碼重修過五次以上。從廟宇倒塌的程度上，應該有五十年了。最近的一次，至少在兩百年前。兩百多年間，玄字派至少換過五任掌門，難道那些掌門都沒有想過要修葺祖廟嗎？作為一個江湖門派，不尊重祖師爺之舉，實乃大忌，是會被其他門派所恥笑的。一個連祖師爺都不尊重的門派，又如何能讓門下弟子信服呢？只有一種解釋，那就是百年之內，這裏肯定發生過什麼事情，以至於掌門留下遺願，後代掌門只需朝拜，不許修葺祖廟，任其荒廢。

他沿著破廟的外圍牆走了一圈，驚奇地發現這座破廟居然是圓形的。中國上下數千年的歷史長河中，從來沒有哪一座殿堂和廟宇的建築是圓形的。無規矩不成方圓，看來這座所謂的祖廟，內中大有乾坤。

他再一次站在破廟大門的石門檻上，打量著這座歷經千年風雨滄桑的破廟。廟宇的建築很簡單，除了對面的大殿外，就是左右對稱的廂房了，整個建築成門字形結構。既然是玄字派的祖廟，看護廟宇必定是玄字派的人，無需接受外來香客的香火，正如劉水財所說的，只需每一任掌門即位後前來朝拜即可。除了掌門人和看守廟宇的人之外，沒有人知道祖廟的所在。

他沿著滿是枯枝敗葉的石板路，轉到了大殿的後面，從地理位置上看，祖廟在山北，郭家祖墳在山南，一南一北在同一條直線上。更令他困惑的是，祖廟雖然座北朝南，可南面就是山脊，前堂不開闊，至於大殿的後面，就是一片雜草叢生的空地，在空地的西北角上，有幾堵斷牆，斷牆的外側是一條很深的山谷，背靠是虛的，完全違反了正常的建築風水。

更讓人吃驚的是，後院的正中間有一棵粗大的柏樹，從樹齡上看，起碼超過一千年，應該是建廟的時候就栽下了的。柏樹長得鬱鬱蔥蔥，枝幹遒勁，像一個忠厚的僕人，守候著這座已經沒有了人煙的地方。柏樹筆直向天，如一柄利劍一般，所在的位置為離位，主殺。作為玄字派的前輩高人，難道不明白住在這裏面的人，不但貧困潦倒，而且後嗣無望的嗎？

若祖廟的秘密真的就是郭家祖墳的秘密，那麼，祖廟和楊玉環的真墓，究竟是什麼關係呢？

他在破廟裏轉了一圈，除了那口棺材內還在腐爛的屍體外，沒有找到半塊有文字記載的東西，但是他發現大殿右邊臺階之下的枯枝敗葉，與別處的不同。別的地方最上面的那層樹葉，受陽光雨水的侵蝕，顏色全都開始發白，而在這處地方，有不少樹葉的顏色仍是黃色。他撿起一片黃樹葉，翻過一看，果見另一面是白色的。

有人動過這地方！

他扒開樹葉，見到一個臉盆大小的銅香爐，依造型和紋理，屬於清朝中期的東西。這種民間製造的銅香爐，雖不是什麼稀罕物，但拿到古董店裏，好歹能換幾十塊大洋。在香爐的邊緣，有一些暗紅色的血跡。他翻過底座，見底座上有印記，上面的陰刻印章是六個字：大清乾隆年製。

躺在棺材裏的那個人，就是被這銅香爐砸中後腦而死的，兇手殺人後，既然能夠將香爐埋在樹葉中從容離去，被砸的那個人就不可能還活著。

如此說來，羅強對他說了謊。而他不久前聽到劉水財的那番話，才是事實的真相。劉水財既然說那兩個人不是玄字派的人，可他們為什麼會出現在這裏，又為了什麼導致兩人發生爭吵呢？

他來到廂房前，再次掀開棺蓋，一看屍體那尚未完全腐敗的皮膚，比普通要細膩和白嫩得多。從屍體腫脹的程度看，此人生前並不瘦，略顯肥胖。他找了根木棍去挑屍體的外衣兜，或許能發現些證明死者身分的東西。一挑之下，屍體外面的灰布長褂被拉開，露出穿在裏面的白色襯衣來，連白襯衣最上端的那粒扣子，都扣得緊緊的。

只有軍人，才會習慣將領口的風紀扣扣死，時值抗戰最艱難時期，一般人連飯都吃不飽，哪會這麼白嫩肥胖呢？至於腳上的皮鞋，那可不是一般人能夠穿上的。雖說皮鞋很久未擦，有些破舊，幾個地方都已經開裂，可那也是身分的象徵。夏日暑天，滿人街那麼多人都穿著一件短褂，而穿這種長褂加白襯衣的，並沒有幾個。

所有的跡象表明，死者並非普通人，而是一個有身分的人。

這個人會是誰呢？

他驀地想起了一個人來，董團長。

知道董團長去向的人只有劉掌門。

他覺得有必要去會一會劉掌門。

程大峰和玉潔並沒有跑出幾步，此時，就聽到一陣細微的破空聲，十幾隻菱形飛鏢射在他們面前的土地上，排成一條直線。這些飛鏢只是對他們逃跑的行動提出嚴重警告，若是直接朝他們身上招呼，即便他能躲得過，只怕玉潔會被射中。

幾個忍者隨後趕上，每個人的手裏正拿著一條飛索，不斷地晃動著，一步步朝他們包圍了過來。程大峰已經看出，這些忍者兵不想置他們於死地，而是要生擒他們。

幾個忍者同時出手，飛索如靈蛇一般，從幾個方向向程大峰和玉潔飛來。程大峰的身子一矮，堪堪躲過左右兩條飛索，但腳下一緊，右腳脖子已經被一條飛索纏住。他飛快抽出了藏在腰間的匕首，往下一劈割斷了飛索。

耳邊傳來玉潔的驚呼，他抬頭一看，只見玉潔被三條飛索纏住了。他飛起身子，「唰唰唰」三下就割斷了纏在玉潔身上的飛索。他將玉潔護在身後，揮舞著匕首奮力抵擋。

饒是他的功夫不錯，但那幾條飛索在忍者的手中，如毒蛇一般陰險而迅猛，稍有不慎就會被纏住。他們兩人雖無性命之憂，但要想逃脫，簡直難如登天。漸漸地，他們被逼到了牆角，數次險象環生。

而那一邊，劉掌門已經和三浦武夫過了十幾招，誰都占不了上風。

再這麼下去，他們幾個遲早都會落入日本人的手中。程大峰一邊抵擋著幾條飛索的緊逼，一邊想著怎麼擺脫困境。

就在這時，從屋內緩緩走出一個人來，是朱福。只見他靠著門框，右手拿著一把短刀，抵在自己的喉嚨上，朝三浦武夫喊道：「住手！你再不住手，我就割斷自己的喉嚨，你什麼都得不到！」

由於長時間不見陽光的緣故，他的臉色在太陽光照射下，顯得異常蒼白。

三浦武夫虛晃一招退到了一邊，朝朱福說道：「別忘了，你女兒還在我手上！」

朱福苦笑道：「都什麼時候了，我還顧得了她呀！等我一死，隨便你們怎麼處置她都行！」

三浦武夫發覺他手裏的籌碼，瞬間沒有了半點利用價值，他愣了一下，說道：「既然這樣，那你為什麼不早點死掉呢？」

劉掌門退到朱福的身邊，說道：「螻蟻尚且苟活，何況乎人呢？如果不是你們那麼苦苦相逼，誰願意走絕路？」

三浦武夫說道：「只要你們和我們合作，無論你們開出什麼樣的條件，我都答應！」

朱福對三浦武夫說道：「你沒資格和我談條件，叫你主子來！」

他的話音剛落，一個穿著灰色長褂的人，邁著步子從外面走了進來，那人環視了大家一眼，乾咳了兩聲，才對他說道：「你不是叫他的主子來跟你談判嗎？我就是他的主子，你有什麼條件，可以對我說！」

程大峰驚愕地看著那個人，慌張地說道：「怎麼是你？藤老闆，你是日本人麼？」

他沒有看錯，走進來的那個人，就是和他一起從重慶來興平的藤老闆，那個貪財而又膽小，一看到土匪就嚇得臉色發白的藤老闆。

劉掌門對藤老闆說道：「我聽程大峰叫你藤老闆，你和他的師父佐藤義男是什麼關係？」

藤老闆說道：「我的中國名字叫藤大東，日本名字叫佐藤乙一，我和他師父的關係，就像劉水財先生和你的關係一樣。」

劉掌門冷笑道：「原來你是佐藤義男的弟弟！」

佐藤乙一說道：「二十多年前，我哥哥輸在你們的手下，他很不服氣，所以臨死的時候寫信給我，要我替他報仇！」

佐藤乙一微笑著走到朱福的面前：「朱掌門，我們大日本帝國，就是需要你這樣的朋友，希望我們能合作愉快！」

程大峰和玉潔退到朱福的旁邊，叫道：「別相信他，你要是和他們合作，就成漢奸了！」

玉潔也說道：「爹，要死大家一起死，千萬不能當漢奸！」

她是朱福的乾女兒，從小就跟著小玉叫爹。

劉掌門對朱福說道：「兄弟，是我害了你！要不是為了玉潔的病，也不會弄出這麼多事來！我欠你的，下輩子還給你！」

朱福說道：「劉大哥，咱們兄弟一場，別說這樣的話，如果有下輩子，咱們還做兄弟！」他接著對佐藤乙一說道：「放他們走！」

佐藤乙一說道：「我可以放他們走，也可以放掉你的女兒，但你得先答應和我合作！」

朱福說道：「你先放他們走，再和我談條件！」

佐藤乙一說道：「不行，先談好條件，我才能放他們走！」

一個聲音從外面傳來：「條件只有一個，就是讓你們日本人滾出中國！」

程大峰一聽到那個聲音，頓時露出驚喜的表情來。

第四章

十幾年前的賭局

自古以來，不斷有東瀛忍者來中國尋找萬古神石。
一個叫佐藤義男的人找到了劉掌門，提出和他比試，
如果劉掌門輸了，則要交出掌門信物和秘冊。
然而，佐藤義男使詐，派人劫走劉掌門的女兒，
劉掌門愛女心切，以一子之差輸了棋局。

余力柱的部隊大多駐紮在城外，但連長以上的長官都住在城內，城內留了兩個連的守軍，主要是維持治安和各級長官們的安全。

對於這些雜牌部隊，軍政部只給番號，卻不按時給糧給餉，連武器的配給，都打了不少折扣，任由他們自生自滅。

軍餉器械嚴重不足，在當時的每支隊伍裏面，都是很正常的。既然上面不給，那就得自己想辦法。每支雜牌部隊都有自己的生財之道：販賣煙土、盜墓挖墳、賣武器給土匪。

對於這樣的行徑，上面也都睜一隻眼閉一隻眼，只要不出大亂子就行。養兵千日用兵一時，關鍵的時候，還得將這些雜牌部隊拉上前線去抵擋一陣子。

二一三師各級長官們都認為，日本人被擋在潼關以外，根本進不來。這裏是大後方，安全得很。而今要做的，都想著用什麼辦法撈錢，怎麼享受。一旦被上面調去抗日前線，快活日子就到頭了，誰還知道有沒有命回來？活著的時候如果沒有好好享受，到時見了閻王老子，還覺著死得太窩囊。在這種思想意識下，誰還有心管理手下的部隊？

駐紮在城外的士兵紀律渙散，每天三五成群的進城喝酒鬧事，天黑之時出城回營，有的根本就不回去。每個月發到手裏那幾塊可憐的大洋，不消幾天就沒有了。

苗君儒為了不讓劉水財的手下察覺他的行蹤，花兩塊大洋向一個士兵買了一身軍裝換上，混在士兵的人群裏進城。

滿大街都有穿著軍裝的士兵在晃悠，誰還注意到他呢？

進到城內，他按著程大峰留下的印記，一路找去。他必須先找到程大峰，以免這渾小子以為他被關進了縣政府的大牢，情急之下會鬧出什麼事來。

當他走進巷子時，看到一棟房子的門前站了兩個精裝的男子，身上斜背著盒子槍。由於他身上穿著軍裝，又將帽沿壓得很低，所以那兩個人並沒有在意。當他走過去之後，聽到從院子裏傳來程大峰的說話聲。

他放慢了腳步，漸漸走到那兩個人的面前。這個時候，他已經聽出院子裏除了程大峰和藤老闆外，至少還有五個人。令他感到意外的是，朱福和劉掌門也在。更令他想不到的是，藤老闆居然是日本人，真名叫佐藤乙一。

站在門口右邊的那個男子朝苗君儒揮了一下手，說道：「當兵的，這不是你來的地方，快滾！否則……」

那個人的話還沒有說完，苗君儒已經以一種不可思議的速度衝了上去，雙手左右出擊，左手食指點中右邊那人的耳門穴的同時，右掌劈在左邊那人的頸部。這兩個人哼都沒哼一聲，就癱軟在地。

他接著佐藤乙一的話說了一句之後，從兩個人身上取下兩支盒子槍，倒提著，一步步走了進去。

程大峰看到苗君儒，驚道：「苗教授，你沒事吧？」

「我當然沒事！」苗君儒轉頭望著朱福，說道：「我真沒想到你還活著！」

朱福苦笑道：「苗教授，上次一別，我們已經有十年沒見了吧？」

苗君儒說道：「應該是十一年，人生苦短，一晃就過去了！」

佐藤乙一望著苗君儒，目光冷得像冰，他身旁的三浦武夫幾次想衝上前，但懾於佐藤乙一沒有下令，他不敢輕舉妄動。

朱福乾咳了幾聲，說道：「苗教授，我是迫不得已，才想起求你幫忙的！」

苗君儒笑道：「想不到江湖上鼎鼎大名的看山倒朱福，能夠說出這樣的話，說明情況非常嚴重！」

他說話的時候，一副很輕鬆自若的樣子，但心底並不輕鬆。面前的對手，除了佐藤乙一和那個他見過一面的日本忍者高手外，還有好幾個忍者。雖然他的手裏提著兩支槍，但在忍者的面前，有時候槍不一定管用，還得靠真功夫。

他轉向佐藤乙一，微笑道：「我不管你叫什麼名字，還是像以前那樣，稱你為藤老闆吧！民國十七年，我經過重慶時，就認識了你。民國二十六年發生盧溝橋事變，我沒有和別的教授去雲南，而是輾轉到了重慶，剛到重慶的時候，還曾得到過你的幫助，我們已算是老熟人了。這麼多年來，我一直都把你當成可以信任的好朋友，可我怎麼都沒有想到，你他媽的居然是日本人！」

作為一個有涵養的教授，他平生第一次這麼罵人，可想而知，他的內心有多麼的憤怒。

佐藤乙一說道：「我十七歲接受帝國使命來到中國，已經有三十年了。有時候，連我自己都忘了是日本人！憑心而論，我也一直把你當成好朋友！」

苗君儒說道：「就衝你最後的那句話，帶著你的人滾吧！」

佐藤乙一說道：「苗教授，我這次來興平的目的，就是要完成我哥的遺願。」

苗君儒說道：「那塊石頭是屬於我們中國人的，有我在這裏，你拿不走，如果不信，你儘管試試！」

佐藤乙一說道：「從現在開始，我們兩個不再是朋友，而是對手！苗教授，你也別高估了你自己，我們走著瞧！」

他走到門口，轉身道：「朱掌門的女兒還在我的手裏，我已經約了馬鷂子，明天正午在郭家祖墳見面。」

見佐藤乙一出了門，程大峰說道：「為什麼放他們走？」

苗君儒說道：「你以為憑我們幾個人就能抓得住他們？更何況還有其他同學在他的手裏。」

程大峰問道：「苗教授，那我們現在怎麼辦？」

苗君儒說道：「你和小玉帶著朱福先走，找個安全的地方暫避一下，我和劉掌門單獨聊一會兒！」

程大峰笑道：「她不是小玉，是劉掌門的女兒玉潔！」

朱福微笑著，將小玉和玉潔的關係向苗君儒說了。苗君儒呵呵一笑，說道：「在你的心裏，親生女兒恐怕還比不上這個乾女兒呢！」

朱福和劉掌門相互望了一眼，露出會心的微笑。

程大峰說道：「這興平城內，恐怕沒有一個地方是安全的！」

苗君儒說道：「至少有一個地方可以去，那就是余師長的師部。」

程大峰說道：「他不是劉水財的人嗎？」

苗君儒說道：「放心吧，就衝劉掌門對他說過的那些話，他也能夠保證你們的安全。你們只管朝人多的地方走，日本人就不敢朝你們下手！」

朱福說道：「多謝苗教授的好意，依我的意思，哪裏都不去，就在這裏等著。是禍躲不過，我認命！苗教授，你不是想和劉大哥談一談嗎？這裏沒有外人，你有什麼話，請直接說就是！」

苗君儒問道：「我知道你和劉掌門交情匪淺，但你對他的情況，到底知道多少？」

朱福一愣，問道：「苗教授，你這麼說是什麼意思？我和他是生死之交，難道他有什麼事情瞞著我不成？」

苗君儒笑道：「其實也沒什麼，只不過有幾個問題想問一下！」

劉掌門說道：「苗教授，你有什麼話儘管問，別吞吞吐吐的，好像我有什麼事情對不起兄弟似的。」

苗君儒說道：「劉掌門，在郭家祖墳正北面的山背，有一座破廟，是不是你們玄字派的祖廟？」

劉掌門問道：「你是怎麼知道那地方的？」

苗君儒說道：「你們玄字派的弟子羅強帶我去的！」

劉掌門說道：「當年我師兄見他可憐，便帶在身邊，只傳授其一些雕蟲小技，並未正式收其為徒，因而，他還算不得是我玄字派的弟子。」

苗君儒問道：「祖廟是你們玄字派的秘密，只有新掌門繼任時，才去祖廟祭拜，他是怎麼知道那地方的？」

劉掌門說道：「這得問他去啊。你說得不錯，祖廟確實是我玄字派的秘密，除掌門人之外，其餘人等皆不知所在何處。但祖廟終究在山上，古往今來，趕腳客商或山野樵夫，皆有可能到過那裏，只是那些人不知是我玄字派的祖廟而已！」

劉掌門的年紀不到六旬，但他有時候說話卻文縐縐的，有些前清的文人騷客的風範。苗君儒接觸過不少這樣的人，並不覺得奇怪。

苗君儒問道：「既然是玄字派的祖廟，為什麼不修葺，而要任其荒廢？」

劉掌門說道：「祖廟自建造以來，每隔幾十年修葺一次，但在道光年間出過一件大事，自那以後，掌門人都留下話，繼任掌門只需前往祭拜即可，無需修葺祖廟，任由荒廢。」

苗君儒問道：「出了什麼大事？」

劉掌門的臉色一沉，說道：「那是本門派的秘密，你無需知道！」

苗君儒笑道：「在我的眼裏，你的玄字派還有什麼秘密呢？其實你們玄字派最大的秘密，就在郭家祖墳與祖廟之間的山腹內。大唐素有掘山為陵的做法，陵墓藏在山腹內，盜墓的人可沒那麼容易得手，乾陵就是一個很好的例子。那位有情有義的唐明皇，深怕他最心愛的女人被人打擾，也用了同樣的方法。劉掌門，我說得沒錯吧？」

劉掌門點了點頭，沒有說話。

苗君儒說道：「羅強告訴我，三年前他回到興平，想破掉郭家祖墳的風水，替父母報仇的時候。是你說服了他，對吧？」

劉掌門同樣點了點頭。

苗君儒說道：「如果僅僅是因為玄字派高人施法在郭家祖墳的血咒，恐怕無法讓一個身負血海深仇的人放棄報仇。你到底對他說過什麼？」

劉掌門說道：「我告訴他，如果他聽我的話，在他正式入門成為玄字派的弟子後，他將是下一任掌門！」

苗君儒說道：「人活於世，無怪乎『權名利』這三個字。羅強雖然年輕，但他總有自己的想法。區區一個掌門之位，恐怕他還不放在眼裏，否則的話，他就不會和你弟弟勾勾搭搭的了！劉掌門，你說我說話吞吞吐吐的不痛快，其實你也很不痛快，你應該還告訴了他別的事情，而且那件事對他來說，值得放棄報仇。」

劉掌門的臉色變得有些難看，但仍沒有說話。

苗君儒說道：「你既然不願意說，還是由我來幫你說吧。因為你對他說出了祖廟與郭家祖墳的關係，還有你的全盤計畫。玄字派門下弟子雖然眾多，但由於分散於各地，並不是每一個人都挺掌門號令。你需要找人幫忙，羅強是你看中的人選，你雖不承認他是玄字派中的弟子，但卻和他經常聯繫，是不是？」

劉掌門沉默了片刻，說道：「什麼全盤計畫？我不明白你的意思！」

苗君儒說道：「羅強要馬鷂子到客來香酒樓找你，你不敢在酒樓和他見面，卻將他們引到那處宅子。後來馬鷂子帶我去了那裏，卻被我發現那處宅子可非同一般，有玄字派的高人利用宅基布下山河乾坤地。這山河乾坤地，可是保佑女主天下的，難不成會再出一個武則天不成？」

苗君儒接著說道：「你當著馬鷂子的面，命人挖了一條通道，說是去救我和小玉。你那麼做的意思，是想撇清與那處宅子的關係。但是後來我和程大峰卻在宅子的另一處密室內發現了你的女兒，她對宅子的通道，熟悉得就像她挖的一樣。那處宅子本是宋遠山宋師爺的，他為何偏偏賣給你？你能否告訴朱福，為什麼要與宋遠山勾結？」

劉掌門的臉色一變，說道：「苗教授，你還知道多少？」

苗君儒繼續說道：「在那處宅子的主樑上，我發現了一個盒子，可惜盒子裏並沒有符咒，而是一塊琉璃墓磚。劉掌門，是誰進入了楊貴妃的真墓，為什麼只拿出一塊琉璃墓磚？」

劉掌門的眼中閃過一抹敬佩之色，說道：「朱兄弟對我說你有多厲害，我還不相信，此番總算見識了！」他望著朱福，說道：「兄弟，是大哥害了你，大哥對不起你！」

他說完，手上出現一把匕首，手腕一翻，匕首插入自己的心窩，頓時鮮血四濺。

事起突然，苗君儒正想要上前搶救，卻已經遲了。

玉潔悲號一聲，撲上前抱著劉掌門，哭道：「爹爹，你為什麼要自殺？你到底做了什麼對不起乾爹的事？」

劉掌門的口中溢血，眼睛直勾勾地望著朱福，吃力地說道：「兄……兄弟，別怪……大哥……」他接著望著苗君儒，痛苦地說道：「你是個……好人……記住……乾坤復位……子午平頭……甲六亥四為吉……求你……」

他的話還沒有說完，就閉上了眼睛。

苗君儒還沒弄清劉掌門最後幾句話的意思，他望著劉掌門的屍體，低聲說道：「你這是何苦呢？」

朱福說道：「苗教授，你到底知道他多少事情，他為什麼要自殺？」

苗君儒非常遺憾地說道：「我並不知道他的計畫，只是根據我的觀察，想問清楚他之後，知道整件事的真相。他之所以要自殺，是因為你把他當成生死之交的兄弟，而他卻利用了你！他內心愧疚，無顏再面對你。如果我單獨和他說話，也許他不會死！」

朱福說道：「我真沒想到，他會在我的面前自殺。其實有很多事情，他都是跟我商量著辦的。苗教授，你還知道什麼？」

苗君儒說道：「還沒有！我還沒有弄清楚郭大善人、賽孟德、馬鷂子、宋遠山、劉水財，以及日本人的真正目的。不到最後的時刻，真相是不會浮出水面的。」

苗君儒望著正在劉掌門屍體旁哭泣的玉潔，說道：「姑娘，你爹這麼做，是保存了他作為一代掌門的顏面，最起碼，他是一個對得起自己良心的人！」

朱福說道：「苗教授，我也想跟你單獨談談，請跟我進來吧！」

苗君儒交代程大峰好好照顧玉潔，便跟著朱福進了房間。到了房間裏，他看到朱福坐在床沿上，神色異常悲戚，兩行老淚順頰而下。他走過去，坐在朱福的身邊，低聲道：「幾十年的交情，難怪你傷心！」

朱福抬起頭，有些憤怒地望著苗君儒，緩緩說道：「都怪我，明知你是性格豪爽之人，讓你當著大家的面問他那些話，是我害死了他！」

苗君儒安慰道：「你無需自責，我想他一定有苦衷，所以有些事情必須瞞著你，他那麼做，未嘗不是一種自我解脫的辦法。」

朱福的眼神變得空洞起來，喃喃地說道：「不就是利用我嗎？別說要我幫他，就算把我的命給他，我也願意。人家要神石，只要有本事拿得出來，就讓人家拿走好了！苗教授，我真後悔，不應該要你來的。」

苗君儒說道：「如果我不來，就不會知道這些事。也許你不知道，其實我不是你叫來的！」

朱福說道：「是我讓劉大哥派人去重慶的！」

苗君儒說道：「可事實上去重慶的是馬鷂子，他並沒有去學校找我，而是拿著大唐大常卿兼戶部侍郎楊暄的白玉朝笏和蟠龍帶扣，去了藤老闆的古董店，並由藤老闆出資，讓我來這邊考古。而這個藤老闆的哥哥，恰恰就是當年敗在劉掌門他們手裏的佐藤義男。世間有些事情非常湊巧，但有些事情的巧合，是有原因的。也許你和劉掌門，都蒙在鼓中。你能否告訴我，佐藤義男和劉掌門之間的故事？」

朱福緩緩說道：「你難道不知道那宗民間流傳的千古之謎嗎？」

苗君儒說道：「據說當年唐明皇用一個與楊貴妃長得相似的宮女替死，迫於當時的形勢，只得派人護送楊貴妃遠離大唐，由於那個護送人是日本遣唐使，於是楊貴妃輾轉到了日本。在日本的山口縣久津，至今還有楊貴妃登陸的遺跡，而日本的其他地方，也有一些與楊貴妃有關的傳說，因而不少史學家都認同這個觀點。」

朱福問道：「你怎麼認為？」

苗君儒說道：「雖然傳說有很多，但是歷史的真相只有一個。如果山腹內的是楊貴妃的真墓，那麼，其他的說法都只是謠傳。」

朱福說道：「自明代以來，不斷有東瀛忍者前來中國尋找萬古神石。一直到民國十五年，一個叫佐藤義男的人來到興平，找到了劉大哥，提出和他比試，如果劉大哥輸了，則要交出掌門信物和秘冊。」

苗君儒說道：「最後劉掌門贏了？」

朱福說道：「兩人三局兩勝，分別是武功、耐力和棋藝。劉大哥在武功上占了上風，但卻輸了耐力。在棋藝上，兩人旗鼓相當，但佐藤義男使詐，派人劫走了玉潔的姐姐玉芳，在棋局最關鍵的時候，亮出了玉芳戴在身上的玉墜，劉大哥愛女心切，失了分寸，才以一子之差輸了棋局。」

苗君儒驚道：「玉潔還有一個姐姐？」

朱福說道：「是的，她叫玉芳，比玉潔大六歲！」

苗君儒略有所思地點了點頭，說道：「日本的棋藝雖源自中國，棋藝高手眾多，但真正論究起來，仍不及中國。至於耐力，本就是忍者的強項。劉掌門以己之短敵其所長，哪會不輸呢？他能夠在武功上占上風，已實屬不易！這麼說，佐藤義男拿走了玄字派掌門的信物和秘冊？」

朱福說道：「是的！在玄字派其他高手的幫助下，劉大哥和佐藤義男再次比試棋藝，後來的那次劉大哥贏了。但是佐藤義男不遵守諾言，並以玉芳的性命相要脅。劉大哥不顧玉芳的性命，下令搶奪掌門信物和秘冊。雙方展開一場大戰，玄字派死傷二十幾個高手，但佐藤義男帶來的人都死傷殆盡，其本人也深受重傷。玄字派搶回了掌門信物，卻眼睜睜地看著佐藤義男帶走了玉芳。這麼多年來，劉大哥從來沒有放棄尋找玉芳，可都沒有半點消息。玉芳的那枚玉墜，他時刻帶在身上，看到玉墜就想起女兒。那是他埋在心底的痛，沒有人能體會得到的。」

苗君儒問道：「誰進了楊貴妃的真墓？」

朱福說道：「除了我還能有誰？」接著，他把玉潔自幼生怪病，十八歲之前必須找到萬古神石或者千年血靈芝的事情也說了。

苗君儒說道：「據史料記載，楊貴妃生前患有氣血兩虛之症，需上等參湯進補。於是你認為楊貴妃的墓葬裏面，不僅會有萬古神石，還可能有千年血靈芝？」

朱福說道：「是的！」

苗君儒說道：「當年我和你認識的時候，你就在尋找萬古神石，還說神石就是和氏璧，我為此還跟你爭論了一個下午，結果誰都說服不了誰。你尋找萬古神石的目的，是為了劉掌門的女兒，以你和他的關係，難道他都沒有將郭家祖墳的秘密告訴你嗎？」

朱福說道：「如果他告訴了我，他就不是玄字派掌門。玄字派的秘密，是絕對不會傳給外人的。我找了十幾年，終於在兩年前，發現了郭家祖墳的秘密，肯定楊貴妃的真墓就在山腹內。劉大哥得知我要動郭家祖墳，便極力阻攔我，他寧可玉潔活不過十八歲，也不願我去冒險。他說楊貴妃的真墓比不得其他的墓，不但有玄字派前輩高人的血咒，而且墓葬中機關重重，若想盜墓，絕無生還的可能！」

朱福說道：「儘管劉大哥極力勸阻，但我不得不進去！」

苗君儒問道：「為什麼？」

朱福說道：「我師弟宋遠山投靠了董團長，派人綁走了小玉，逼我和董團長合作，並限我在一年內找到萬古神石。我沒有辦法，只有進去。」

苗君儒說道：「你既然進去了，一定得到了萬古神石和千年血靈芝？」

朱福發出一聲長歎，說道：「我一生盜墓無數，以為憑自己的本事定能成功，可惜我太高估自己，若不是劉大哥的師兄徐渭水出手相救，只怕我已經喪身於墓道中。」

苗君儒說道：「你一向獨來獨往，連個徒弟都沒有，這次怎麼要人幫忙了？」

朱福說道：「我是一個人進去的，當我困在墓道裏的時候，不知徐渭水怎麼會出現在那裏。他救了我之後，只勸我打消那個念頭，其他的怎麼都不肯多說。」

苗君儒自來興平之後，一直未見徐渭水露面，他忍不住問道：「那徐渭水呢？他去了哪裏？」

朱福說道：「他得知我是被師弟所逼，於是就幫我們佈置了那處墓穴，之後再沒有見到他！」

苗君儒問道：「你在遇到馬鷂子之前，是被何人所傷？」

朱福說道：「其實我也不知是怎麼回事。那天我從外面回城，走到路上，突然就被那幫人打了黑槍，我拚死才得以逃脫，所幸遇到馬鷂子，那本曠世奇書天玉方略，才沒有落到別人的手裏。」

苗君儒「哦」了一聲，說道：「是有人知道你身上帶著那本曠世奇書，所以派人暗算你？」

朱福說道：「我也是這麼想的。可知道我身上有那本書的人，只有劉大哥和徐渭水這二人。若劉大哥想要書，只需開口就行，何必那麼做呢？而徐渭水對我有救命之恩，他要那本書，我豈會不給？」

苗君儒問道：「除了劉掌門和徐渭水之外，難道不會是別人？」

朱福說道：「我想不出還會有第三個人！」

苗君儒問道：「天玉方略乃是一部集風水堪輿和屋宅墓葬的上古奇書，相傳秦朝相國李斯所著，這本書與萬古神石一樣，在唐朝的安史之亂中遺失，你身上怎麼會有那本書？」

朱福說道：「也許你不知，其實天玉方略最大的用處，就是根據墓葬的構造，找到破解墓道內機關的辦法。三年前，我就從一個大官的墓葬中得到了那本奇書，只可惜我看不懂。否則的話，也不可能被困在墓道內，要徐渭水出手相救了！」

苗君儒問道：「我聽馬鴣子說，他親眼見到你斷了氣，才把你埋掉的。你怎麼又活過來了呢？」

朱福說道：「我心知暗算我的人，如果知道我還活著，一定不會善罷甘休。唯一的辦法，就是依靠本門的秘術詐死。我雖埋進土中，若在十二個時辰內被人挖出，仍能活過來。只可惜我傷得太重，雖然被救活，但如同廢人。能夠熬到今日，已是奇蹟！」

苗君儒見他的神色非常興奮，兩眼放光，且雙頰泛紅，知是迴光返照，急忙問道：「一年前的那個晚上，你帶著董團長去了哪裏？」

朱福嘿嘿一笑，說道：「那個傢伙貪心太重，我送他去了該去的地方。」他喘了幾口氣，接著說道：「日本人好像摸準了我們的底細，除了他之外，進去過的人就只有我……」

他的呼吸急促起來，強憋著一口氣，繼續說道：「劉……大哥……已經去……了……我……也……該去了……明天是……六月十四……是個特殊的……日子……只有你……才能看得懂天玉方略……破解……機……關……

我師弟他……其實……」

他的話還沒有說完，就斷了氣，眼神逐漸失去光芒，緩緩閉上了。

苗君儒把朱福的屍身平放在床上，走出了房子，見玉潔仍在哭泣，程大峰仍蹲在她的身邊。他大步走過去，在劉掌門的屍身上摸索了一番，果然在內衣的口袋裏找到了一枚玉墜。

玉潔見狀，撲上前來搶，但苗君儒已經退開幾步，閃到一邊。

玉潔哭道：「那是我姐當年被日本人抓走時留下的。我爹一直藏在身上，每年我姐的生日，我爹都會上香，還哭著說對不起她！還給我！」

苗君儒說道：「這枚玉墜我有用，等用完了自然還給你！」

程大峰也說道：「就像你的護身符一樣，借給苗教授用一用，他會還給你的！」

苗君儒望著眼睛哭得紅腫的玉潔，問道：「從去年開始，你爹就沒有給你姐上香吧？」

玉潔大驚，抹了一把眼淚，停止了低泣，定睛問道：「你怎麼知道？」

苗君儒問道：「你爹是不是時常一副心事重重的樣子，還哀聲歎氣？」

玉潔露出不可思議的神色，說道：「是的，我好幾次聽到他自言自語，說什麼欠下的債是要還的。我問他欠誰的債，他怎麼都不肯說！」

苗君儒問道：「那處宅子裏的山河乾坤地，是你爹布下的吧？」

玉潔說道：「去年我爹買下那處宅子之後，就布成那樣了。我不知道是什麼山河乾坤地，但是為了那事，好像我爹和乾爹還吵過一架。」

苗君儒抬起頭，朝房門口那邊看了一眼，由衷地說道：「好一個肝膽相照的朱掌門，其實你早就知道劉掌門為什麼要瞞著你，只礙著多年的生死之交，不但不點破，還不惜賠上自己的性命。難怪劉掌門無顏再面對你，羞愧自殺！來吧，我們送這一對好哥倆上路！」

他和程大峰將劉掌門的遺體抬進屋，並排放在朱福的身邊。又從其他屋子裏拆了門窗，搬來一些板凳和桌椅，一齊堆在床邊。

灑上煤油後，他對玉潔說道：「孩子，過來給你的兩個爹磕幾個頭，以盡孝心。」

在玉潔磕頭的時候，苗君儒大聲道：「兩位掌門走好，我苗君儒對天發誓，只要我不死，一定能讓玉潔活過十八歲，並替你們兩位討一個公道。放心吧，咱們中國人的東西，日本人搶不走！」

三個人走出房間，熊熊大火在他們身後燃起。他們站在院子裏，看著大火竄上了屋頂。用不了多久，就會有人前來救火，但那個時候，兩位掌門人的屍身都已經燒化。

程大峰問道：「苗教授，我們去哪裏？」

苗君儒說道：「走，我們去會一會那位大縣長！」

就在苗君儒帶著程大峰和玉潔，在巷子裏穿梭，避過宋遠山的耳目，去找韓縣長時，馬長風正在山道上，帶著僅剩下的幾個兄弟，與劉水財手下的官兵拚殺！

第五章

屍體上的刻字

馬二的屍體上被人用刀劃了八個字，
「明日正午，貴妃真墓」。
日本人這麼做，是認為馬長風知道楊貴妃的墓在哪，
而馬長風思來想去，除了手下擅風水的羅強之外，
沒有第二個人知道這件事。

馬長風原先與城內的官兵做生意時，就認識了不少興平城內的頭面人物，其中包括商會的會長郭士達，以及翠花樓的老闆娘。

翠花樓的老闆娘人稱媚大娘，年輕的時候還有幾分姿色，原是西安城內一家妓院的姑娘，後來被上一任興平縣長買回來充了外房。媚大娘在縣長的支持下，逼走了翠花樓原來的老闆娘，接手了翠花樓的買賣。幾年下來，生意越做越大，翠花樓成了興平一道靚麗的風景線。

樓裏的姑娘越來越多，分為三六九等，最上等的專門伺候達官貴人，一個晚上花費幾百上千大洋，是很正常的。而最下等的妓女，連街上那些口袋裏只有幾個銅板的挑夫，也不放過。

幾年前，她的男人因貪污抗戰物資，被上頭給正了法。這位無主的風流寡婦，很快就勾上了新縣長，照樣呼風喚雨。

在興平城，誰都知道翠花樓媚大娘是個很厲害的人物，黑白兩道都吃得香，沒有人敢不給她面子。只要出得起價錢，沒有媚大娘辦不成的事。正因為這樣，有些人在幹一些見不得光的事情之後，還得請媚大娘幫忙。

馬長風不時帶兄弟去翠花樓，一來一往就認識了媚大娘。在江湖上混，逢人只說三分真話，他並沒有告訴媚大娘自己是土匪，只說是做古董生意的。由於他出手大方，加之長相不俗，所以翠花樓的姑娘，都願意結交他。

他通過媚大娘的關係，出手了好幾件古董。白花花的大洋在他的口袋裏還沒有捂熱，就到了姑娘們的枕頭下面。

因而算起來，兩人還有些交情。

但他和媚大娘的恩怨，還得從一年前賽孟德來到翠花樓說起。

那天，馬長風帶著兩個兄弟來翠花樓消遣，聽說來了新人，長得如花似玉，便想見識一下，誰知媚大娘說那位新人只賣藝不賣身。他仗著酒興，一時火起，砸爛了翠花樓的一張桌子。酒醒之後，他也覺得有些魯莽，便送去了一百大洋，權當賠償。

誰知事後的第三天，他在進城的路上，遭到一夥蒙面人埋伏，幸虧他身手了得，才沒有吃虧，只可惜了身邊的兩個兄弟，一死一傷。

他在興平這塊地盤上，並沒有與別人結怨。思來想去，覺得最有可能就是媚大娘。雖然他事後派人送了錢去，可媚大娘並不一定賣他的帳。翠花樓自開業以來，他是第一個在裏面撒野的人，如果媚大娘不給他一點顏色瞧瞧。一旦傳了出去，只要有點臭錢，誰都能來翠花樓撒野，那媚大娘在黑白兩道，就混不下去了。

他們之間的樑子算是結下了。在羅強的勸說下，他並沒有馬上發作，權當什麼事都沒有發生。照常帶人去翠花樓，只不過除了花錢聽賽孟德唱小曲之外，便不幹別的了。

時間一長，賽孟德對這個只聽她唱曲的男人有了興趣，

當馬長風得知賽孟德賣身葬父，入青樓只賣藝不賣身的事因後，找來了媚大娘，願意出一萬大洋，替賽孟德贖身。一萬大洋可不是一個小數目，有貧苦人家的黃花大姑娘賣身為奴婢的，不過幾十個大洋。

但是媚大娘的回答，卻令他感到奇怪而憤怒。奇怪的是，之前有郭大善人出兩萬大洋替賽孟德贖身，但賽孟德卻不答應。因為賽孟德和媚大娘有協議在先，兩年之內，只賣藝不賣身，兩年之後期滿自行離去，任何人出再高的價錢都沒用。憤怒的是，董團長在一次酒醉之後告訴他，已經花五千大洋買通了媚大娘，只等選個良辰吉日，媚大娘就會在賽孟德的茶水裏下迷藥，讓董團長成全好事。

當他把董團長和媚大娘的陰謀告訴賽孟德的時候，誰知賽孟德竟不以為然，只是淡淡地笑了笑。

他回到山上之後，覺得有必要幫一幫賽孟德，免得這個姑娘被一個禽獸玷污了清白之身。羅強知道這件事後，當即進城了一趟，回來後告訴他，說事情已經辦妥，誰都欺負不了賽孟德。

幾天之後，他請董團長喝酒，可是見到董團長比原先瘦了一些，但是臉部卻有點胖，而且眉毛好像也稀疏了許多。當他問起董團長有沒有去翠花樓如願以償時，董團長先是一副很茫然的樣子，瞬間反應過來，居然說翠花樓的牡丹紅就是和別人不一樣，會媚人，而且床上功夫好。

見他生疑，一旁的宋師爺連忙解釋說，董團長騎馬掉下來，傷了腦袋，身體還沒有復原，以前的一些事不太記得了。

從那以後，他想跟董團長見面，都被宋師爺以種種理由推脫。直到他在羅強的幫助下，從那個洞內取出那塊發出五色光芒的奇石，才再次見到董團長。而那一次，董團長不是以朋友的身分出現，而是殺他的兄弟，搶他的石頭。

到後來他跟劉掌門進去救小玉和苗教授，才聽到宋師爺親口向余師長解釋找人替代董團長的事情。原來董團長一年前就已經失蹤了，算算時間，正好在羅強進城替他辦事之後。

來到興平這幾年，弟兄們在羅強的努力下，日子越來越好過，他也想過兄弟們的後路，甚至提出來分了那些錢財，大家各自回家過好日子。但是羅強卻不答應，一面帶著兄弟們盜墓，一面賣掉那些挖出來的古董，分些錢讓大夥進城瀟灑。

他覺得羅強這個人越來越難以琢磨，不但對興平城的各條街道瞭若指掌，而且非常有手段。有些事情，馬長風都覺得棘手，羅強進城一趟，輕輕鬆鬆就給辦了。

就在他打算再讓羅強挖上一個大墓，分一些錢給大夥，他獨自帶著那些藏起來的金銀古董離開興平時，卻遇到了賽孟德。

他被賽孟德的美貌所吸引，不惜大把大把往翠花樓裏丟錢。他並不死心，堅信憑他的真誠，定能打動賽孟德，但是他想錯了，賽孟德在陪他喝酒的時候，不止一次告訴他，他們只能做普通朋友。

得不到的東西，往往是最美好的。他已經下定決心，只待賽孟德與翠花樓的協議期滿，不管用什麼手段，他都要得到賽孟德。

但是他的命運，隨著小玉的出現發生了改變。在與小玉相處的那段時間裏，他知道了什麼是快樂，那雙清澈而脈脈含情的眼神，已經深深地烙在了他的腦海中，怎麼都揮之不去。

小玉答應他，等她報了仇就跟他走，無論天涯海角，都跟著他。

當他失去小玉後，才明白什麼是痛徹心扉。若不是身邊的兄弟苦苦勸阻，他幾乎發瘋般進城找董團長拚命。

好不容易把小玉從董團長的手裏救出，誰知又被日本人抓了去。他後悔聽苗教授的話，帶著那塊假石王逃走。要是他在小玉身邊，憑他的槍法，日本人不可能那麼容易得手。

可惜世界上是沒有後悔藥吃的。

在城外十五里小廟，跟隨了他十年的老三，居然帶人伏擊他，連老三都被人收買，他身邊就再也沒有一個可以信任的兄弟了。

他跟苗教授回城，在城北老城隍廟，見到翠花樓媚大娘的人頭被宋師爺擺在供桌上祭祖，不知宋師爺與媚大娘有什麼恩怨。他與苗教授分開後，潛伏於城內尋找日本人的蹤跡，終於被他查到，那夥日本人居然就躲在翠花樓內。

所以那晚他去找賽孟德，一來想弄清楚媚大娘的死因，二來也想找到那夥日本人。在賽孟德的小樓上，他不但見到了當地最有名的士紳郭大善人，還見到了隨後趕到的苗教授。

他擔心苗教授誤會他與郭大善人有什麼勾結，正要去找苗教授解釋，哪知突然出了那件事，眼睜睜地看著苗教授被韓縣長的人帶走。

他潛行到一條街道，打算救走苗教授，可被羅強帶人搶先一步。他本想現身與羅強會合，但想起老三的背叛，便打消了現身的念頭。

多年的江湖經驗告訴他，越是勢單力薄的時候，越不能輕易相信任何人。

他在一棟被火燒過的小樓內窩了一宿，打定主意第二天用假石王換回小玉後，兩人就遠走高飛，離開這塊是非之地。

次日正午時分，他擔心被人認出，刻意化了妝，扮成一個趕腳的挑夫，來到客來香酒樓，他計畫用那塊假石王換回小玉，可當他趕到那裏時，卻見酒樓已經被火燒過。

酒樓的門口有一群人圍著一具屍體，馬長風上前一看，認出是翠花樓的馬二。馬二昨天晚上還活得好好的，沒想到今兒就曝屍在這裏。馬二上身的衣服被扒掉，胸前被兇手用刀劃了一排字：明日正午，貴妃真墓。

馬長風低聲罵了一句，正如他預料的那樣，日本人不敢在城內交易，時間和地點都換了地方。興平往西就是貴妃墓，但那座貴妃墓只不過是衣冠塚。千百年來，有不少人都在尋找楊貴妃的真墓，可誰都沒有找到。他曾經以為羅強帶他進去的那地方，就是楊貴妃的真墓，後來才知道拿出的石王是假的。

石王既然是假的，墳墓肯定就是假的。

他只不過是一個土匪頭子，又不是盜墓人，怎麼知道楊貴妃的真墓在哪裏呢？

一個混在人群中的兄弟將他拉到一邊的巷子裏，說羅強和苗教授出城去了，要剩下的這些兄弟在城內找到他，並離開興平。

羅強一直不同意大家離開興平，原先的幾十個兄弟，死的死，背叛的背叛，剩下還不到十個。

在沒有救出小玉的情況下，馬長風是不會離開興平的。羅強的態度突然發生一百八十度的轉變，會不會跟日本人留在馬二屍體上的那句話有關呢？

在問明了羅強和苗君儒出城的方向後，馬長風帶著剩下的弟兄，分兩批出了城。

出了城，他們並沒有從官道上走。那麼多人在一起，一旦遇到會挑事的士兵，難免會麻煩。他瞭解羅強的性格，如果有山道就絕對不走官道。

當他帶著兄弟們沿著山道往鳳凰山去的時候，苗君儒正穿著士兵的服裝混進了城。

羅強和劉水財本來比苗君儒先回城，但是他們來到了山下的郭家祖墳。劉水財指著正中間那座最大的墳塋低聲告訴羅強：「其實我早就知道，真的東西就在那裏面。」

羅強說道：「這地方原來只有兩個守墓人，我聽說前些天有人盜墓，把守墓人都殺了！」

劉水財說道：「在郭大善人的要求下，余師長才派了兩個排的士兵來保護這裏！」

羅強說道：「既然守墳的士兵是你們的人，你為什麼不學孫殿英？」

劉水財笑道：「孫將軍若沒有宋師爺的幫助，是根本進不去的！雖然最後進去了，可人還是死了不少。這下面的機關，要比大清皇陵複雜得多。我可不想學他，弄出那麼大的動靜。」

羅強問道：「宋師爺不是你的人嗎？」

劉水財說道：「你可別把他想簡單了，他能夠找人來冒充董團長，也能夠找人冒充其他人！」

羅強說道：「你的意思是絕對不能相信他？」

劉水財說道：「當然不能相信他。他和我們不是一條船上的人。」他停頓了一下，又說道：「玄字派的前輩在建造楊貴妃真墓的時候，可是費了很大的心思，絕對不可能那麼容易讓人盜墓的。」

羅強說道：「既然這樣，那我還有什麼辦法？」

劉水財說道：「我聽我爹說過，要想得到萬古神石，就必須先拿到天玉方略。朱福為了他乾女兒的病，已經找了十幾年。我師兄都沒有把這裏的秘密告訴他。你原先進去的那處墓穴，是我兩個師兄和朱福做的假墓。他們能夠把假墓做得那麼逼真。我懷疑他們有人進去了。」

羅強說道：「既然朱福進去了，那就肯定得到了萬古神石。」

劉水財說道：「如果他得到了萬古神石，就不可能還留在興平。他把苗教授叫來，不是沒有原因的。我聽說苗教授一生遇到過很多神秘而奇怪的事情。沒有他解不開的玄機，也沒有他破不了的機關。」

羅強說道：「你的意思是，朱福進去了，可是沒能拿到萬古神石，所以把苗教授叫來，求苗教授幫忙？」

劉水財點了點頭。

羅強說道：「我在郭家祖墳周邊的山上，還有祖廟那邊都找了一遍，都沒有發現盜洞的痕跡。或許朱福根本就沒有進去。」

劉水財說道：「朱福打洞從來不留痕跡的，否則他就不叫朱福。」

羅強問道：「師叔，接下來我們該怎麼做？」

劉水財說道：「我們先回城。明天是六月十四，是個特殊的日子，姓宋的一定有大動作，我們可不要錯過！」

回城的時候，劉水財和羅強都沒有走大路，他從守墳的士兵裏面挑了二十個隨行，說是以防萬一。這年頭，多一分心眼能保命。

離開郭家祖墳，走了約五六里地，只聽得一聲呼哨，山路兩邊的樹叢中，陸續鑽出七八個人來，為首的正是羅強的老大馬長風。

劉水財的臉色頓時一變，對羅強說道：「好小子，你敢這麼對你師叔下黑手？」

羅強急道：「師叔，你聽我解釋！」

劉水財拔出手槍，叫道：「事實擺在面前，你還有什麼好說的？」

羅強閃到一旁，說道：「師叔，我是怎麼對你的，你還不知道嗎？你別急著開槍，等我問清楚了，你再殺我也不遲！」

劉水財冷笑道：「我看你能耍出什麼花樣？」

他說完後，朝後面招了一下手，那些士兵立刻端起槍，呈扇形的趴在地上。他本人則退身到一棵大樹下，槍口瞄準羅強的後背，只要羅強稍有不對，他立即開槍。

羅強往前走了幾步，對馬長風說道：「大哥，你怎麼來了？」

馬長風冷冷說道：「我還沒有問你，怎麼跟劉參謀混到一起去了！」

羅強說道：「大哥，整件事跟你沒有任何關係，你還是聽兄弟的話，離開興平吧？」

馬長風說道：「我三年前就來了這裏，為什麼要離開？」

羅強說道：「當初的幾十個兄弟，現在已經剩下那麼點人了。大哥，別把命丟在這裏。」

馬長風說道：「你跟了我這麼多年，難道還不知道我的性格？」

羅強問道：「大哥，你非得要捲進來不可嗎？」

馬長風笑道：「其實從我去重慶的時候開始，就已經捲進來了。如果你還當我是大哥，就老老實實回答我一句話，你究竟要幹什麼？」

羅強沉默了片刻，說道：「大哥，我並沒對不起你。老三反水的時候，勸我跟他一起，但是我沒有答應。我今天這麼做，是和師叔一樣，拿回屬於自己的東西！」

馬長風說道：「你的父母不是被郭大善人害死的嗎？我多次要替你報仇，可是你都不讓。我不管你是什麼目的，總之不能跟劉參謀在一起。他已經投靠了滿洲帝國的皇帝，是漢奸，你不能當漢奸。」

羅強說道：「我是玄字派的人，他是我師叔，我……」

他的話還沒有說完，就聽馬長風叫道：「如果他是我師叔，我早就大義滅親了，今天就替你殺了他！」

馬長風根本沒有把劉水財身邊的士兵放在眼裏，在他認為，這些當兵的，只知道吃喝玩樂禍害百姓，真正上了戰場，就是熊蛋一個。別說就這麼點人，就是再多上幾十個，他都不在乎。說完話，他的槍口一抬，對準劉水財勾動了扳機。

劉水財早就從馬長風與羅強的對話中，聽出了火藥味，所以他躲在樹後，只露出半個頭。能夠當上土匪頭子的人，槍法都很好。當看到馬長風的槍手一抬時，趕緊縮了回去。只聽得一聲槍響，子彈射入樹幹中，距離他的腦袋不到半尺遠。

他暗叫好險，如果沒有及時閃避，只怕此刻已經腦袋開了花。他的手指一動，朝前面開了兩槍。

趴在地上的那些士兵一聽槍響，早已按捺不住，「乒乒乓乓」地開起槍來。對面的土匪也不是吃素的，立馬舉槍還擊。轉眼間，山道上的槍聲響成一片。

羅強趴在山道右邊的土坡下，聽著耳邊雜亂的槍聲，根本不敢抬頭。他剛才見馬長風舉槍，就知道大事不好，一個魚躍翻滾到土坡下，才沒有變成雙方的活靶子。馬長風的手下都是清一色的盒子炮，一梭子二十發子彈射出去，跟衝鋒槍一樣的。而劉水財那邊雖然人多，但不一定頂用。

他知道馬長風的本事，時間一長，吃虧的肯定是劉水財。可奇怪的是，雙方才交火沒兩分鐘，他就聽到馬長風的身邊傳來兩聲慘叫。劉水財那邊的槍聲，跟他以前聽到的槍聲不一樣，「嘎嘣嘎嘣」，完全不是漢陽造的聲音。他抬頭一看，見馬長風躲在一棵樹後，身邊只剩下兩個人了。劉水財那邊打來的子彈，打得樹皮飛濺，根本不給馬長風有露頭的機會。再看另一邊，那些士兵一副訓練有素的樣子，貓著腰相互交替著往前衝。

他從藏身處爬到馬長風的身邊，叫道：「大哥，他們人多，得想辦法殺出去。」

馬長風也覺得情況不對，城裏的國軍，可沒有這樣的戰鬥力。他抽出了兩顆手榴彈，扯了拉弦扔出去，趁著手榴彈爆炸的硝煙，帶著剩下的兄弟往林子裏鑽。

當他們跑出幾里地，甩掉後面的追兵時，除了馬長風和羅強之外，就剩下一個人了。

那個兄弟哭道：「大哥，就剩下我們三個人了！」

馬長風氣得目眥盡裂，但也無可奈何。他跺了一下腳，說道：「媽的，興平城內什麼時候有了這麼會打戰的兵？」

那個兄弟哭道：「那些士兵的槍法太準了，有兩個兄弟還沒有開槍，就被他們放倒了，一槍一個，都是打腦袋的。」

馬長風說道：「那些士兵手裏的槍，好像和城內士兵的槍不一樣。」

羅強說道：「我也看出來了，好像是要長一點！」

馬長風用槍口對著羅強，罵道：「要不是為了你，我們會吃這麼大的虧？」

羅強說道：「大哥，整件事沒有你想的那麼簡單。一兩句話也說不清楚。我用自己的命擔保，只要過了明天，嫂子一定回到你的身邊。如果你不相信，就開槍好了！」

馬長風一聽羅強說到「明天」這兩個字，立即想起留在馬二屍體上的字，於是問道：「你一定知道楊貴妃的真墓在哪裏，是不是？」

羅強想不到馬長風會問這樣的話，反而問道：「大哥，是誰要你問我的？」

馬長風說道：「你嫂子被日本人抓走後，我查到日本人躲在翠花樓。日本人約我今天中午在客來香酒樓，拿那塊假石王換人，可是我到了那裏，卻只看到翠花樓馬二的屍體，屍體上被人用刀劃了八個字，『明日正午，貴妃真墓』。日本人之所以那麼做，一定認為我知道楊貴妃的真墓在哪裏，我思來想去，除了你之外，沒有第二個人知道。」

羅強坦然說道：「楊貴妃的真墓，就在郭家祖墳那裏。」

馬長風接著問羅強：「我聽你說過，千百年來，很多人都在尋找楊貴妃真墓，可是沒有人找得到，你是怎麼知道的？」

羅強說道：「郭家祖墳後面的山背有一座破廟，那是玄字派的祖廟。郭家的祖上就是替楊貴妃守陵的。當年設計楊貴妃墓穴的人，是玄字派的前輩高人。墓穴中除了重重機關外，還有恐怖的血咒。我帶苗教授去看了郭家祖墳，他也覺得郭家祖墳有問題。」

馬長風問道：「苗教授呢？你把他殺了？」

羅強說道：「我本想殺了他，可是師叔早就說過，苗教授也許是一個很關鍵的人物。」他停了片刻，接著說道：「我師叔說，他的侄女玉潔從小就得了怪病，必須得到萬古神石和千年血靈芝，否則活不過十八歲。而那兩樣東西，楊貴妃的真墓中就有。朱福的女兒要你去重慶引他過來，肯定是有原因的。」

馬長風說道：「小玉說她爹尋找萬古神石，找了十幾年。憑她爹的本事，怎麼就看不出郭家祖墳的問題呢？」

羅強說道：「大哥，你有所不知。看山倒朱福是地字派的掌門，他雖然為了救我掌門師叔的女兒而尋找萬古神石，可是以玄字派的門規，掌門師叔是不會將本派的秘密告訴他人的。朱福如果碰巧走到郭家祖墳，或許能看出來。倘若沒有走到那裏，就是一輩子，也不知道那裏的秘密。當我告訴師叔，那處我們得到假石王的墓穴後，他懷疑朱福進去了楊貴妃的真墓，根據真墓的樣子，建出了那座假墓。因為他見過玄字派掌門的秘冊，秘冊裏有一幅圖，圖上畫著的，就是我們進去的那個小城門。」

馬長風回憶起他進去過的那墓穴，確實與他之前進過的墓葬不同。

馬長風問道：「既然朱福都已經進去了，為什麼還要叫苗教授來呢？」

羅強說道：「我師叔只是懷疑而已，並沒有肯定。這件事的很多地方，連我都想不清楚。大哥，明天是個特殊的日子，是楊貴妃的忌辰。我師叔說，他爹是上任掌門，臨死前告訴過他，只有這一天的正午，進入楊貴妃真墓中的人，才能避開前輩高人所施的血咒。而這一天，每六十年才出現一次。」

馬長風說道：「這麼說，明天肯定有人進去了？」

羅強說道：「所以日本人約你明天去那裏見面，也是有目的的。」

馬長風抬起頭，望著鳳凰山的方向，緩緩說道：「明天那裏將會有一場惡戰。」

韓縣長獨自一人坐在書房內，面前的桌子上擺著兩碟小菜，手裏捏著半杯殘酒。他兒子屍體放進了棺材，棺材就在縣衙的後院，派了幾個員警守著。棺材架在柴堆上，隨時準備點火。

縣裏年紀最大、資格最老、見識最廣的仵作查驗了韓少爺的屍身，見韓少爺嘴裏的獠牙長出兩寸長，眼珠子跟血一樣紅的，傷口已經奇蹟般的癒合，兩隻手的指甲比炭還黑，後頸上的那層白毛，已經連到了後背。

老仵作差點當場嚇死，醒過來連連說道：「我當了幾十年的仵作，見過各種各樣的屍體，像這樣的屍體，還是第一次見到。」

但是老仵作還說，他小的時候，聽老人們說過一個故事，說的是道光年間，一個過路的人死在十五里鋪的土地廟前，死狀也是這般恐怖。當時為了查兇手，沒來得及處置屍體，就將屍體擺在土地廟後的空地上，結果三天以後，十五里鋪連續有人晚上被殭屍咬死。後來又一個高人出現，大家才知道那具屍體死前中過屍毒，由於沒有及時火化，屍體接受了月華，已經變成了殭屍。要想制服殭屍，須得用活人的鮮血，在夜晚將殭屍引出來，制服後用火燒化。那個高人受眾人之托，不知用什麼法術，終於制服了殭屍，將殭屍連同幾個被咬死的人，一齊放在柴堆上燒化。

這件事過去了上百年，已經沒有幾個人記得了。若不是見到韓少爺的死狀，老仵作也幾乎忘記了那個故事。

老仵作臨走前留下一句話：必須儘快火化，否則變成殭屍就麻煩了。

韓縣長家三代單傳，老父親疼愛孫子，從小就把韓少爺慣壞了。韓縣長來興平上任時，韓少爺非得跟著來玩，這一來就不打算走，整天泡在翠花樓，一年不知道扔進去多少大洋。

興平是大後方，全縣大小商鋪上千家，經濟還挺繁榮，他這個縣長一年的薪水不過一千大洋，可實際上，一年的好處不少於三萬。他的前任是因貪污抗日物資而被正法的，所以他從來不打抗日物資的主意，也不會與駐守在這裏的軍隊有任何矛盾。僅那上千家商鋪的稅金，就夠他貪污的。

他原以為興平是波瀾不起的地方，但這半個月以來，陸續來了一些身分不明的人，興平城內也開始不太平起來。他心知自己誰都惹不起，睜一隻眼閉一隻眼的當作什麼都知道，原想等到了十月任期一滿，就帶著兒子離開。

可沒想到的是，他的寶貝兒子，居然莫名其妙地中了屍毒，就這麼不明不白的死掉了。以後回去怎麼向老父親交代呢？

在桌子的另一側，有一張二十萬大洋的巨額存單，和存單一起的，還有一封匿名信。信中只有一行字：你是聰明人，知道該怎麼做。

他一口喝乾了杯中的殘酒，正要起身，就見外面有人叫道：「韓縣長，有人想要見你！」

韓縣長陰沉著臉，說道：「不見！」

外面的人說道：「他們已經……」

房門被打開，一個人出現在門口，身後還跟著一男一女。韓縣長認出來人居然就是被土匪從他手裏救走的苗君儒，驚訝得從椅子上站起身，叫道：「你……你還敢來？」

苗君儒呵呵一笑，說道：「我怎麼不敢來？依照民國憲法，任何百姓有事，都可以來縣政府訴求。」

韓縣長被苗君儒搶了白，似乎愣了一下，說道：「你不怕我把你關起來？」

苗君儒說道：「我要是害怕，就不會進來了！韓縣長，令公子確實如我說的，是被人下了屍毒。而對他下毒的那個人，是城外的土匪。我敢過來找你，是想得到你的幫助！也許你不知道，有人要在興平城醞釀一場驚天巨變。」

韓縣長厲聲道：「這裏是抗戰的大後方，安全得很，你不要危言聳聽，蠱惑人心，否則我把你們抓起來！」

苗君儒看到桌子上的那張巨額存單，說道：「我明白了，原來有人用錢把你收買了？」

韓縣長怒道：「苗教授，你別信口胡說。」

苗君儒毫不客氣地說道：「什麼信口胡說？事實不是明擺著的嗎？二十萬大洋，你工作一輩子都賺不到。如果我把這事捅上去，到時候是什麼結果，你比我還清楚！」

韓縣長的臉色青一陣白一陣，頹然坐在椅子上，說道：「這是別人派人送來的，對方是誰，我還不知道呢！」

苗君儒笑道：「天底下居然有這樣的好事？」

韓縣長說道：「信不信隨你！你若想要的話，儘管拿走好了，這種錢我可不敢收！」

苗君儒心知民國政府腐敗，各級官員貪污盛行。官員們並不笨，知道哪些錢可以貪，哪些錢不能貪，倘若不識好歹，輕則自毀前程，重則丟掉性命。自抗戰以來，因貪污抗戰物資和作戰不力的官員，被正法的還少嗎？

程大峰笑嘻嘻地走上前，拿起那張存單，說道：「韓縣長，這筆錢我先替你收好，等事情過去之後，再用到抗戰大業上去，也算你為抗戰做了一點貢獻！」

韓縣長問道：「要我怎麼幫你們？」

苗君儒說道：「明天正午，你集中警察局和保安隊的人趕去郭家祖墳，就知道了！」

韓縣長苦笑道：「苗教授，你有所不知。興平城內勢力最大的，並不是手握重兵的余師長，而是商會會長郭士達。興平縣警察局和保安隊，全是他的人。我這個縣長有時候辦事，還得向他照會一聲。你來求我，還不如去求他呢！我縣政府就這麼幾個人，你要就全部帶走吧！」

一聽韓縣長這麼說，苗君儒的臉色當即就變得極為嚴肅。程大峰見他那樣子，連忙問道：「苗教授，你沒事吧？」

苗君儒歎了一口氣，自言自語地說道：「我怎麼把他給忘了呢？」

韓縣長說道：「苗教授，其實我也知道，自從我得知翠花樓住了一夥日本人之後，我就知道要出事！」

苗君儒問道：「那夥日本人是什麼時候來到興平的？」

韓縣長說道：「具體時間我不是很清楚，前幾天翠花樓老闆娘媚大娘來找我，也說要出大事，我問她會出什麼大事，她說如果哪天她死了，一定是被人害死的。可就在她找過我之後的兩天，她莫名其妙失蹤了。我派人暗中去調查，才知道翠花樓住了一夥日本人。看樣子，確實要發生大事。」

苗君儒問道：「你既然知道翠花樓裏住了日本人，為什麼不採取行動？」

韓縣長說道：「那夥日本人來無蹤去無影，就憑我的這點力量，根本無濟於事呀！我去找過余師長，可他居然不見我！」

苗君儒微微一笑，在這種時候，韓縣長居然還去找余師長求助，想必還不知道余師長和劉水財的關係。他放緩聲音，說道：「如果你自己不行，就應該及時向上面彙報。」

韓縣長說道：「電話都被人截斷了，怎麼打都打不通！」

苗君儒說道：「興平到西安，不過兩百里地，你就是派人騎快馬去向上面報告，來回最多半天！」

韓縣長說道：「從昨天晚上到今天上午，我陸續派了出去兩撥人，可是到現在都沒回來！你說，我還能有別的辦法嗎？」

苗君儒聽到這種情況，心知事態非常嚴重，說道：「看來，他們已經把興平變成了一座孤城！」

韓縣長登時變了臉色，問道：「苗教授，那我們怎麼辦？」

苗君儒說道：「你是縣長，你對興平的情況應該比我熟悉！」

韓縣長說道：「興平比不得太原，更比不得重慶。這裏原是東北軍的地盤，西安事變後，東北軍被重新整編之後調走，周邊是共產黨紅軍的地盤，還有幾支國軍的雜牌部隊和十幾股土匪，幾方的勢力交錯。抗戰開始後，興平隨西安劃到第二戰區，屬閻老西管轄。可閻老西的胳膊太短，管不到這裏，一度屬於三不管地帶。我上任的時候，劃到第十戰區，司令長官是蔣鼎文將軍，就在兩個月前，第十戰區撤銷……」

苗君儒說道：「別跟我講這些，揀重要的說，你說這周邊有共產黨的隊伍？」

韓縣長說道：「是的，共產黨的紅軍主要活動在陝北一帶，原先這邊也有幾支隊伍。現在國共合作，已經改編為八路軍，全都去前線抗日了，但是有人在城外見過八路軍，據說人數不是很多！苗教授，要想聯繫他們恐怕也很難。既然你說余師長可能已經叛國，那城內外的國軍都已經不可靠，要不我派人聯繫一下那幾股土匪？」

程大峰說道：「余師長的手下有兩三千人馬，土匪的人數太少，而且他們的心不齊，即使能夠招攬過來，恐怕也無濟於事。」

韓縣長問道：「那你有什麼好辦法？」

程大峰說道：「擒賊先擒王，如果我們趁夜摸進余師長的家裏控制住他，說不定事情就會有轉機。」

苗君儒微笑著搖了搖頭，程大峰的辦法雖然可行，但是危險性極大，況且整個事件中，余師長不是關鍵人物。他想了一下，說道：「你們暫時留在這裏，我一個人去見余師長，如果我傍晚還沒有回來，你們就想辦法出城，儘快離開這裏。」

程大峰說道：「苗教授，我陪你去吧，多一個人多一份力量！」

苗君儒看了玉潔一眼，對程大峰說道：「如果你想幫我，只需保護好她就行。如果我沒有猜錯的話，她可是一個很關鍵的人物，要是出什麼意外，兩個掌門人就白死了！」

程大峰聽苗君儒這麼說，連忙道：「苗教授，我聽你的！」

韓縣長說道：「據我所知，余師長這幾天都在翠花樓。自從媚大娘失蹤後，翠花樓的頭牌姑娘賽孟德，成了那裏的主，那個女人我見識過，很不簡單的。就在今天上午，翠花樓的馬三也被人殺了，聽說屍體上還被人用刀刻了幾個字。」

苗君儒問道：「刻的是什麼字？」

韓縣長說道：「刻的是『明日正午貴妃真墓』這八個字，不知道是什麼人刻的。我剛來興平上任的時候，就聽說楊貴妃的真墓裏有寶貝，千百年來，不斷有人尋找，可沒有人能夠找得到。你叫我明日去郭家祖墳，該不會楊貴妃的真墓就在那裏吧？」

苗君儒說道：「現在說這話還為時過早，韓縣長，無論怎麼樣，我們都要盡自己的能力，還制止事件的發生。余師長可能已經叛國，你防著他一點。正值抗戰最艱難時期，如果後方發生事變，勢必影響前方將士的軍心，一旦潼關失守，日軍長驅而入，往南可包抄重慶，往北可橫掃太原，只怕到時真會亡國了。」

韓縣長起身走到書桌前，打開抽屜拿出一支手槍，說道：「苗教授，你帶上這個，萬一有什麼情況，可以用來……」

他的話還沒有說完，就見一個人闖進來，氣喘吁吁地說道：「韓……韓縣長……余師長的人把縣政府都包圍了，說是向我們要人！」

程大峰說道：「他們也來得太快了！」

他的話剛說完，就聽外面傳來紛雜的腳步聲。

韓縣長說道：「苗教授，你們快往後院跑，東南角上有一扇小門！」

苗君儒三人剛出韓縣長的書房，就見一個穿著中校軍服的軍官領著一隊士兵衝了過來，看到他們之後，一揮手喊道：「給我抓起來！」

韓縣長從書房內衝出，站到苗君儒的面前，朝中校軍官厲聲道：「你們是哪支部隊，敢擅闖縣政府，沒有王法了不成？」

中校軍官冷笑道：「別說縣政府，就是省政府，我們都敢闖。韓縣長，念在你和我們余師長有些交情，識相的滾到一邊去，老子手裏的槍可不認人的！」

那晚在台上，苗君儒見過這個中校軍官，就站在余師長的身後。一定是有人看見他們三人在縣政府，向余師長告了密，才會有人這麼快來抓他們。

他計上心來，推開韓縣長，對那中校軍官說道：「我們見過一面，是吧？」

中校軍官斜了苗君儒一眼，說道：「見過一面又怎麼樣，我是奉命來抓你的！」

苗君儒說道：「我知道你是來抓我的，可是你想過沒有，你這麼做，會有什麼後果？」

中校軍官愣了一下，說道：「別廢話！」

苗君儒說道：「我不是在說廢話，其實我這麼做，是想幫你！那晚之後，我已經派人通知了西安的蔣鼎文將軍，只怕此刻，最起碼有三個整編師的軍隊正趕過來。你們余師長的手下不過兩三千人，就算加上雜七雜八的部隊，充其量不過五千人，以五千烏合之眾對抗三個整編師，結果如何，就是傻子都知道！」

中校軍官的臉色頓時大變。

苗君儒說道：「你是中國人，家裏一定還有兄弟姐妹吧？為什麼要跟著余師長投靠滿洲帝國，甘願當漢奸而遭人罵呢？即使你死了，你家裏人也一輩子抬不起頭來。」

中校軍官吶吶地說道：「軍人的天職就是要服從命令！」

苗君儒說道：「那也要看是什麼樣的命令。你是中國軍人，值此國難當頭之際，應當肩負起抗戰救國大任，而不是陰謀叛國！作為一個軍人，就是死，也應該死得有尊嚴，有榮譽。為國而死，才是一個有血性的軍人最終的選擇。」

中校軍官面露慚色，他身後的一個士兵，說道：「中營長，他說得對，我們不願當漢奸，就是死，也要死得值！」

申營長沉默了一下，對苗君儒說道：「苗教授，我聽你的，我手下有兩百來號弟兄，除了進來的這幾十個外，其餘的全在外面，你要我們怎麼做？」

苗君儒說道：「你把我抓去見余師長，放他們走。」

申營長驚道：「為什麼？」

苗君儒笑道：「我正要去見他，不知道他在哪裏，這下挺好，省得我去找。不到最關鍵的時刻，你不要輕舉妄動。」

申營長點了點頭。

韓縣長敬服地望著苗君儒，說道：「苗教授，你不搞政治，實在太可惜了！」

苗君儒和申營長走出縣政府時，迎面吹來一陣涼風，他望著天邊那漸漸籠罩過來的烏雲，心知一場暴風雨就要來了。

第六章

棋盤上的較量

下完數十子，佐藤乙一的臉上露出得意之色，
邊角和天元全被他占盡，
苗君儒的棋子東一撮西一簇的，陷入他的重圍之中。
然而下到一百多子時，佐藤乙一的落子速度已大不如前，
每落一子，都猶豫很久，臉色也變得十分凝重，
苗君儒那看似雜亂無章的手法，已經形成了佈局。

夜。

翠花樓後院的小樓上。

窗外大雨傾盆，偶爾出現的閃電，照亮了大半邊暗黑的天空，轟隆隆的雷聲震得窗戶發抖。

苗君儒倒背著雙手站在窗前，在他身後的小圓桌旁，坐著幾個人。身材臃腫肥胖的余師長坐在上首，賽孟德與宋遠山分別坐在兩邊，三浦武夫坐在旁邊，下首的位置則空著。

兩個持槍的士兵站在樓梯口，身子一動都不動，如兩尊木雕一般。

余師長乾咳了一聲，說道：「苗教授，既來之則安之，請坐吧！」

苗君儒對著窗外的大雨，顧自說道：「楊貴妃泉下有知，連老天都在為她哭呢！」

宋遠山說道：「教授就是教授，下一場大雨，也能觸景生情，說出這樣的話。」

苗君儒轉過身，緩緩說道：「石王只有一塊，你們這麼多人，到底給誰呢？」

余師長說道：「你只需幫忙把石王拿出來，其他的不用你管！」

苗君儒看了一眼三浦武夫，說道：「我已經在你們這裏，可以放了那個姑娘了吧？」

宋遠山說道：「等我們得到石王，自然會放了她。」

苗君儒走到桌邊坐下，低聲說道：「你當初抓她的目的，就是為了控制她爹看山倒朱福，這種下三爛的手段，也太卑鄙了。」

宋遠山笑道：「欲成大事者，需不擇手段。苗教授，我們可不像你那樣，一肚子的婦人之仁。」

苗君儒掃了面前的幾個人一眼，說道：「日本忍者高手，國軍的高級將領，妓院的頭牌姑娘，還有你這個身懷江湖絕技的師爺，我有些搞不懂，你們是怎麼湊到一起的？」

宋遠山說道：「因為我們有共同的目標。」

苗君儒望著賽孟德，說道：「你和馬鷂子是什麼關係？」

賽孟德淡淡地說道：「朋友！」

苗君儒問道：「什麼樣的朋友？」

賽孟德說道：「普通朋友而已！」

苗君儒說道：「既然是普通朋友，三更半夜還在你的樓上，你和他之間，難道就沒有共同的目標？」

賽孟德說道：「沒有。」

苗君儒說道：「我希望沒有，那樣的話，我多少有些安慰。」

賽孟德問道：「為什麼？」

苗君儒說道：「我平生最恨別人欺騙我，他曾經在我面前發誓，說不會做對不起國家對不起自己良心的事。」

賽孟德說道：「他只是一個土匪，其實這件事跟他沒有半點關係。」

苗君儒說道：「我知道。是因為他手下的兄弟和心愛的女人捲進來了，所以他也身不由己！」

宋遠山說道：「苗教授，你該不會什麼事情都想知道吧？」

苗君儒笑道：「貴妃真墓機關重重，明天進去了，有沒有命出來，還是一個未知數，就算要死，也不應該像翠花樓的媚大娘那樣，死得不明不白，不是嗎？」

宋遠山冷笑道：「她知道得太多，也想要分一杯羹，居然還把三浦先生藏在翠花樓的消息告訴了韓縣長，還不該死嗎？」

苗君儒問道：「你們為什麼不把韓縣長一起給殺了？」

宋遠山說道：「他是一縣之長，留著他還有用！」

苗君儒說道：「據我所知，地字派雖然是江湖邪派，可也不至於要用人頭來祭祀。女的是媚大娘，那個男的是誰。你總不能殺一個無辜的人吧？」

宋遠山說道：「苗教授，人太聰明了，可沒有好處的。你只要乖乖按我們的意思去做就行，沒有必要知道那麼多。」

雷聲一陣緊一陣，大雨絲毫沒有停歇的意思。苗君儒不時望向樓梯口，如果再有三個人出現，整件事相關的人，就都到齊了。看樣子，那三個人是不會來了。

從走上樓梯的那一刻開始，他都在暗中觀察賽孟德，越看越覺得與玉潔長得相像，她坐在那裏，始終保持著一種腰板挺直的姿勢，只有受過專業訓練的人，才能那麼長時間的保持一種姿勢。她比玉潔要長得漂亮，舉手投足之間，自有萬種風情。言語顯得老練而含蓄，有一種令人難以抗拒的嫵媚，但那雙勾人魂魄的眼眸中，卻有一抹淡淡的哀傷。

正是這一抹淡淡的哀傷，使苗君儒肯定了自己的想法。月有陰晴圓缺，人有悲歡離合，人世間最大痛苦也莫過於失去親人。

他幾次將手伸進口袋中，握住那個從劉掌門身上拿出的玉墜，但他並沒有拿出來，因為覺得時機還沒有成熟。

他望著三浦武夫，低聲用日語說道：「當年你師父與劉掌門進行了三場比試，三局兩勝，你師父使詐才贏了劉掌門，如果你想得到你想要的東西，必須贏我！」

三浦武夫說道：「我不會下棋！」

苗君儒說道：「但是藤老闆會，在重慶的時候，他就找我下過棋，而且棋藝高超，不在我之下！」

三浦武夫說道：「他不在這裏，沒辦法和你下棋！」

苗君儒說道：「在這樣的時刻，他還能去哪裏呢？」

三浦武夫說道：「現在和當年不同，對不起，我不會接受你的挑戰！」

余師長笑道：「想不到苗教授還會日本話！」

三浦武夫改用中國話說道：「他曾經在日本生活過，和我師父一樣，都是上川先生的學生。」

余師長笑道：「這麼說，你還得叫他師叔嘍！」

苗君儒說道：「上川先生學識淵博，為人正派，是一個值得尊敬的長者。要是犬養毅（作者注：日本內閣大臣，第廿九任首相）聽了他的話，何至於死在別人的手裏。如果他不死，中日之間又何至於會這樣呢？這一場中日戰爭，不知道毀了多少家庭，多少人妻離子散，多少人曝屍荒野……」

三浦武夫吼道：「夠了！」

余師長拍了一下桌子，大聲道：「來人，把他帶下去！」

苗君儒站起身，看了眾人一眼，深深歎了一口氣，說道：「這所有的一切，何嘗不是人性的欲望在作祟？機關算盡，到頭來只不過空勞一場，免不了搭上自己的性命。世事無常，誰又能懂得這其中的道理呢？」他說完後，大笑幾聲，在眾人那憤怒的目光中，被兩名士兵押著下了小樓。

小樓的旁邊有一道迴廊，每隔幾米路，便站著一個持槍的士兵。一個副官模樣的人在前面引路，苗君儒默默地跟著走。嘩啦啦的屋簷流水聲和暴雨打在屋瓦上的聲音，蓋過了幾個人的腳步聲。

一道閃電劃空而過，苗君儒看清迴廊的右側，是一堵約兩米高的圍牆，牆頭上的雜草，在風雨中飄搖。

以苗君儒的功夫，他完全能夠在最短的時間內，擊倒身後的兩名士兵和前面的副官，並能在其他士兵還沒有反應過來的情況下翻牆逃脫，但他並沒有那麼做。

過了迴廊，是兩間平房。那個副官走到一間平房的門口，把門推開，返身站在門口，朝苗君儒做了一個「請」的手勢，同時說道：「今晚就委屈你在這裏待一宿，有什麼需要的，可以吩咐門口的衛兵！」

苗君儒說道：「給我準備一壺好酒，再來兩三碟小菜就行。離開重慶後，我還沒有好好吃過一餐飯呢！」

那副官點了點頭，轉身離去了。

屋子裏有一張床，一張破桌和兩張板凳，連張椅子都沒有。苗君儒走了進去，坐在那張板凳上。沒多一會兒，那個副官進來了，身後跟著一個托著盤子的勤務兵。盤子裏有兩碟菜和一壺酒，還有一隻燒雞和兩個白麵饃饃。

聞著燒雞的香味，苗君儒覺得真的有些餓了，他朝那個副官笑了笑，說道：「謝謝！」

副官沒有答話，放下東西出門而去。

苗君儒拿起酒壺，往嘴裏灌了一大口，甘洌而醇香的酒，順著他的喉嚨淌到胃裏，使他的精神為之一振。這種黃桂稠酒味道，他是很熟悉的。當年他到興平時，郭大善人就是用這種酒招待他的。黃桂稠酒的歷史十分久遠，盛唐時期，古長安（今西安市）長樂坊出美酒，朝野上下，莫不嗜飲。相傳唐玄宗攜楊貴妃光臨長樂坊飲酒，味美醇香的稠酒使貴妃傾倒，當即將手中的桂花贈與店主。

店主將桂花植於貯酒園中，不料桂枝生根開花，在長安坊繁衍成林，花開時節，桂花香，稠酒香，香溢長樂坊。店主遂將桂花用蜜醃製後兌入酒中，使酒更具特色，清香遠溢。「黃桂稠酒」便由此傳開，至今傳為佳話。「黃桂稠酒」的特點是：狀如牛奶，色白如玉，汁稠醇香，綿甜適口。

那一次他在郭大善人家中，足足喝了六壺。「黃桂稠酒」雖是酒，卻沒有杜康與西風酒的酒力，稱它為酒，只因喝在口中，不乏酒味而已。老弱婦幼和不善飲酒者，均可大碗來喝。難怪杜甫在詩中說李白斗酒詩百篇，像這樣的酒，只要是肚量大的，喝上一斗酒，自然不在話下。

他撕了一支雞腿，就著「黃桂稠酒」大口大口地吃起來。一壺酒見底，燒雞也吃得差不多了，倒是那兩碟小菜絲毫未動。

外面門響，一個人走了進來。苗君儒的頭都未抬，就知道是誰，他一口喝乾了壺中的酒，說道：「你終於露面了！」

進來的正是佐藤乙一，他沒有穿長衫，而是換了一身西服，只是那個大背頭，還如以前那樣梳得油光可鑒。他身後跟著兩個士兵，一個手裏拿著棋盤，另一個手裏托著棋子。

佐藤乙一在苗君儒對面的那張板凳上坐下，說道：「苗教授，我以前就對你說過，終有一天，我會在棋盤上和你一決高低的。」

苗君儒說道：「等我吃飽了再說！」

佐藤乙一看著苗君儒風捲殘雲般吃下兩個白麵饃饃，輕輕揮了一下手，一個士兵上前清理了碗碟，擺上了棋盤。他微笑著說道：「漫漫長夜，我們有的是時間。苗教授，聽說你想按當年的規矩？」

苗君儒豪壯地抹了一下嘴，說道：「以前你約我去下棋，都是泡好上等香茗相待的。我看茶就不必了，再來兩壺酒吧！」

佐藤乙一笑道：「兩壺酒太少，不盡興。來人，給苗教授送五壺酒來。」

苗君儒說道：「你好像勝券在握！」

佐藤乙一得意地說道：「當年我哥利用劉掌門女兒身上的一枚玉墜才險勝，如果哪一天我要完成我哥的遺願，免不了在棋盤上與人一決高低。我深知中國的高手眾多，所以不斷找人博弈。為了提高棋藝，我還潛心研究了中國古代高手的棋局，什麼當湖十局，黃龍周虎，而或是歷代圍棋高手的著作！」

苗君儒說道：「原來你為了贏得棋局，居然那麼煞費苦心研究。」

佐藤乙一笑道：「我們認識那麼久，對彼此的棋路，還是瞭解一點的！」

苗君儒說道：「既然你說按當年的規矩，那我就三局兩勝。我輸了，幫你找到石王，你要是輸了，就滾出中國，永遠不得再踏進中國半步！」

佐藤乙一陰森森地笑了兩聲，說道：「好，我答應你！」

苗君儒說道：「圍棋源自中國，唐代之後才流傳到你們日本，我作為東道主，不僅讓你先下，而且讓你三子！」

佐藤乙一的眼中閃過一抹不易察覺的驚喜，卻客氣地說道：「苗教授，平常我們對弈，你贏我三個子的時候可不多呀！」

苗君儒說道：「此一時彼一時，今晚我要讓你知道，什麼才是真正的棋術高手！」

佐藤乙一聽到這話，臉上的肌肉抽搐了幾下，右手抓起一個黑子，猶豫了片刻之後落了下去，搶佔先機。

少頃，士兵送來了五壺酒。苗君儒一手拿著酒壺，一手持白子，一副漫不經心的樣子，隨意將棋子落下去。

下完數十子，佐藤乙一的臉上微微露出得意之色，邊角和天元全被他占盡，苗君儒的棋子東一撮西一簇的，陷入他的重圍之中。雖是如此，深諳圍棋精髓的他，仍是不敢大意，每下一子都小心翼翼。

下到一百多子時，佐藤乙一的落子速度已大不如前，每落一子，都猶豫很久，臉色也變得十分凝重，苗君儒那看似雜亂無章的手法，已經形成了佈局。他雖偶有小勝，但難敵苗君儒咄咄逼人的攻勢，到手的地盤，轉眼間情勢變得非常危急。又下了十幾子，他的臉色鐵青，額頭不斷溢出汗珠，從整體上看，他完全落於守勢，而且毫無補救的機會。

兩壺酒喝完，苗君儒落下一子，說道：「你輸了！」

佐藤乙一多年來對棋藝的研究和實踐，雖不是一等一的高手，但也已屬上層。他平常與人對弈，都不會展現出自己的真功夫，而是在與對方對弈中廣學眾人的手法。自信在重慶，能夠真正贏他的高手，已經找不出一人。正是這份自信，使他以為對付苗君儒，雖沒有百分之百的把握，但勝算的機率至少在八成以上。就這一盤棋，他連苗君儒的套路都沒有弄清楚，輸得不明不白。

他想起世人對清代棋聖范西屏的評論，范大師弈棋出神入化，落子敏捷，靈活多變。佈局投子，初似草草，絕不經意，及一著落枰中，瓦礫蟲沙盡變為風雲雷電，而全域遂獲大勝。

苗君儒的弈棋手法，與傳說中的棋聖范西屏，是何等的相似？

苗君儒放下酒壺，淡淡地說道：「你看看棋盤中的白子，像個什麼字？」

佐藤乙一詫異地看著棋盤上的白子，臉上露出不可思議的神色，他看過那麼多古今書籍對棋局的詳解，也知道那些關於棋局的傳說，但他認為，傳說帶有誇張的成分，實際上的棋局，並沒有傳說中的那麼神奇。

今天晚上，他終於見識到了中國棋藝的博大精深。棋盤中的白子與黑子縱橫交錯，忽略黑子不計，所有的白子連接起來，是一個「黃」字。

這就是傳說中的「字局」，圍棋的「字局」起源於南北朝，到盛唐時期到達巔峰，相傳唐代第一圍棋高手王積薪，在其所著的《棋訣》三卷和《鳳池圖》一卷中，都有對「字局」的描述，可惜均未流傳下來。到宋末，圍棋的「字局」運用，已經被世人所遺忘，相關的書籍，也都流逝於歷史長河之中。

他望著棋盤中的那個「黃」字，緩緩說道：「『字局』不是已經失傳了嗎？」

苗君儒又拿起一壺酒，說道：「如果我以平素的棋路和你對陣，必輸無疑。可我在一座西晉時期的墓葬中，發現了一本古棋譜，雖然我只看懂了其中的十分之三，但要贏你，簡直易如反掌。」

佐藤乙一歎了一聲，說道：「你說得不錯，單憑這一盤棋，我們兩人已經分出了勝負，但你要想完全贏我三局，也並非易事。」

他心知以他的棋技，與苗君儒不在一個檔次，接下來的兩局，根本不可能贏得了。所以他利用苗君儒的傲氣，以另一種方式來比試棋局。

果然，苗君儒喝下一大口酒，說道：「好，我答應你，如果接下來的兩局，你只要贏得一局，就算你贏！」

佐藤乙一嘿嘿乾笑了兩聲，說道：「接下來的兩局，我們改變方式，不要對弈，而是破局。每人擺一盤殘局，讓對方破。」

苗君儒想不到佐藤乙一會來這一招，他的棋藝與藤老闆不相上下，只是依仗以前看過的那本古棋譜，才贏了佐藤乙一。藤老闆潛心研究中國唐宋以後的各種棋法和棋局，在破解殘局上，是很有心得的。

「我先來！」佐藤乙一說著，飛快在棋盤上擺上了一盤殘局。

殘局中白子被黑子圍住，只在邊角餘下三子有氣，從棋勢上看，棋盤中央的對殺呈「大眼吃小眼」之勢，白子全域受困，處於絕地。苗君儒看著這盤殘局，內心微微一動，這是唐代翰林院棋待詔顧師言的一盤收官局。當年顧師言持黑子與日本國高手對弈，下到中路，日本國高手棄子認輸。棋盤中央的白子雖入絕境，但週邊「黑龍」的情勢也不容樂觀。多年來，不少棋壇高手想破解殘局，但都望棋興歎。棋盤上廝殺，比的是雙方的棋藝，雖一時落敗，但仍有扭轉乾坤的可能。

古往今來，不乏有一些已經定性的殘局被後人破解。幾年前，他認識一位棋壇老前輩，閒談之餘，那位前輩曾說起數盤古代殘局的破解之法，其中的一盤就是此局。破局者若能以兩處邊角之斷「黑龍」之尾，白子就能起死回生。

佐藤乙一的這一招用心狠毒，如果苗君儒破了此局，就等於代替當年的日本使者，贏了大唐棋待詔，此舉無異於賣國求生。

苗君儒幾口喝乾了壺中的酒，爽快地說道：「你贏了！」

佐藤乙一笑道：「以你的人品，是不會背棄信義的，我說的沒錯吧？」

苗君儒說道：「我可以去幫你找石王，但是我聽看山倒朱福說過，要想進貴妃墓，還需一樣東西。」

佐藤乙一說道：「你說的是天玉方略？」

苗君儒點頭道：「天玉方略是一本破解墓道機關的奇書，貴妃墓內機關重重，沒有那本書可不行。就算我死在裏面，你也得不到石王。」

佐藤乙一說道：「看山倒朱福身上的那卷天玉方略，已經被羅強丟到那個山洞裏了！」

苗君儒微微一驚，說道：「原來你什麼事都知道！你和他是什麼關係？」

佐藤乙一說道：「我和他沒有關係，他是劉參謀的人。若是沒有他，我的事情沒有那麼順利。」

苗君儒說道：「哦，真的嗎？」

佐藤乙一笑道：「你不是想知道事情的經過嗎？我可以告訴你，我等這一天，已經等了十幾年。」

苗君儒笑道：「十幾年間，你就沒有任何動作？」

佐藤乙一也拿起一壺酒，喝了一口，說道：「這十幾年來，我多次到興平尋訪玄字派劉掌門，可都沒有消息。直到三年前，大日本關東軍參謀部給我一條資訊，說滿洲帝國有一個姓劉的參謀，精通風水堪輿之術。我趕到瀋陽，見到了劉水財，這才得知他原來就是劉掌門的弟弟，因與兄長不合而離開。

「劉水財告訴我，楊貴妃的真墓就在興平郭家祖墳的下面，墓中除了那塊萬古神石外，還有無數珍寶。墓葬乃是玄字派前輩所造，墓道內機關重重，而且被下了血咒。他從那本掌門秘冊上得知，墓葬的最後一道宮門，每六十年開啟一次，時間是六月十四的正午。一年前，我要劉水財到西安，接下了萬福齋嚴老闆的鋪子作為立腳點，同時打探興平這邊的消息。另外，我又要另外一個人到達興平……」

苗君儒說道：「我知道，她就是翠花樓的頭牌姑娘賽孟德。當年你哥哥佐藤義男把她帶走，十幾年來，她已經被你們洗腦，成了你們的間諜。」

佐藤乙一說道：「我只不過利用她對劉掌門的怨恨，為我們服務而已。」

佐藤乙一接著說道：「劉水財在來興平的過程中，認識了他的師侄羅強。開始的時候，他並沒有把這個當土匪的師侄放在眼裏，可當羅強告訴他，劉掌門不讓其破壞郭家祖墳的風水後，他覺得這個師侄可以利用。

有一天，賽孟德告訴他，說看山倒朱福已經得到天玉方略，於是他派人在路上攔截朱福。朱福雖然逃脫，但卻落到羅強的手裏。羅強本想拿走天玉方略，誰知當天晚上，馬鷂子居然從宋師爺的手裏，救出了朱福的女兒。為了不打草驚蛇，他吩咐羅強隱忍不動，等待時機。當朱福的女兒要馬鷂子去重慶找你時，羅強卻要朱福到西安找他，說是看看東西值不值錢。在他的指引下，馬鷂子把東西賣給了我。」

苗君儒說道：「於是你請我去鑒定那幾樣東西，並拿出那張所謂的字條。在我的要求下，你才肯答應出資助我考古，於是我們就這樣來到興平，一切水到渠成。」

佐藤乙一從袋子裏拿出一疊紙，放在桌子上說道：「羅強在把天玉方略還給朱福的女兒之前，依葫蘆畫瓢抄下了上面的文字，還有圖形。」

苗君儒看了一眼那疊紙，問道：「郭大善人和你是什麼關係？」

佐藤乙一說道：「男人一生所追求的，除了金錢和女人，就只剩下權力。他不缺錢，也不缺女人，他認為他會追求什麼？」

女間諜最擅長的，就是以美色勾引男人。

佐藤乙一見苗君儒不說話，便接著說道：「苗教授，我想讓你見兩個人。」說完後，他朝外面喊道：「帶進來！」

幾個士兵從外面推進兩個人來，苗君儒一看，頓時驚住了，他面前這兩個衣衫襤褸、渾身濕透且被人用繩子綁著的人，正是詹林明和他的一個學生，他怔了片刻，說道：「你們怎麼沒跑出去？」

詹林明說道：「他們把所有的路口都封了，苗教授，那些士兵不是國軍，而是……」

佐藤乙一接過話頭說道：「不錯，他們確實不是國軍，而是我們大日本帝國的皇軍。苗教授，你沒想到吧？」

苗君儒說道：「其實我應該想到，這裏是抗戰的後方，你們要想在這裏有所大動作，單靠策反一支國軍，是不夠的。你們日本人行事嚴謹，什麼問題都考慮得很周到。」

佐藤乙一說道：「這一年來，我利用你們國軍殘部回後方休整的機會，陸續讓兩支穿著雜牌軍軍裝的部隊，偷偷潛行到這裏。城外有多少支雜牌軍的部隊駐紮，恐怕連樓上那位余師長也不清楚。我這一招是跟你們中國人學的，叫魚目混珠！」

佐藤乙一乾笑了幾聲，望著詹林明，繼續說道：「其實我早知道軍統已經注意我了，所以一直很少活動。作為一個大日本帝國的高級情報人員，怎麼會輕易相信身邊的人呢？我書房內那些沒有燒盡的紙灰，是我故意那麼做的，我那麼做的目的，是想轉移你們的注意力。

「中條山一帶是你們抵禦皇軍的防線，而潼關是中條山的後門，你的上司真以為我會在潼關有什麼企圖吧？他們一直沒有抓我，無非是想放長線釣大魚。可惜他們大魚沒有釣到，反倒讓我這條小魚也溜了！為了配合我的行動，就在今天上午，大日本帝國的三支勁旅，再一次發動對中條山的進攻。所有人的目光都在那裏，沒有人會注意這裏的。」

苗君儒說道：「我真的小看你了！」

佐藤乙一揮了一下手，幾個士兵將詹林明和那學生押了出去。他站起身，對苗君儒說道：「苗教授，你今晚好好休息。」

佐藤乙一走出屋外，聽到身後傳來酒壺落地的砰撞聲音，臉上頓時浮現一絲笑意，一個很有涵養的人，在被人激怒之後，還是會以最粗俗的方式去發洩的。

當房門關上之後，苗君儒故意將桌子上的幾隻碟子和酒壺掃落在地。其實他一點都不生氣，多年來養成的習慣，使他遇事處變不驚，這麼做的目的，就是不想讓佐藤乙一猜中他的心思。

他躺在床上，回想著這些天發生的事情。佐藤乙一他們策劃已久，很多方面都考慮到了。如今抗戰如火如荼，誰都不會注意到大後方的這座小縣城，將會發生一場巨變。

靠外援已經不可能了，此時唯有自救。可是就憑這幾個人如何對抗佐藤乙一他們一夥人呢？佐藤乙一他們雖然相互勾結，但每個人都有自己的小算盤。只需找到他們的弱點，便可分而破之。問題是如何才知道他們的弱點呢？

他想起了貌美如花但卻冷豔至極的賽孟德，她被三浦武夫的師父佐藤義男帶走，訓練成了一個間諜。一年前，當她來到翠花樓，開始一步步實施日本人計畫，劉掌門在此期間，察覺她就是自己的女兒。

劉掌門之所以那麼做，無非是想讓自己多年以來對女兒的愧疚心理，找到一絲絲的平衡，朱福瞭解劉掌門的苦衷，明知被其利用但心甘情願。可是劉掌門漸漸發現，結果不如他所想的那樣，使他深陷矛盾和痛苦之中不能自拔，所以選擇了以自殺的形式自我解脫。也許她到現在還不知道，她的父親已經死了。如果她知道劉掌門已死，會怎麼樣呢？

他正想著，隱約聽到床底下傳來細微的聲響，剛開始，他還以為是老鼠，直到他聽到一聲「苗教授」，才反應過來。

外面的大雨還沒停歇，風雨聲掩蓋住了屋內的動靜。苗君儒跳下床，朝床底望去，只見床底不知什麼時候出現了一個洞，有一個人從洞內探出頭來，朝他招手。

床底下漆黑的，看不清那人的樣子，但是那人說話的聲音，卻有些熟悉。當那人又叫了一聲「苗教授」之後，苗君儒才聽出是宋遠山的聲音，他問道：「宋師爺，你不和他們在一起，到這裏來做什麼？」

宋遠山低聲道：「苗教授，我是來救你的！」

苗君儒問道：「你為什麼要救我？」

宋遠山低聲道：「我不想讓寶物落在日本人的手裏，那是屬於我們中國人的東西。」

苗君儒冷冷道：「你不是也在幫日本人辦事嗎？怎麼這時候說起這樣的話來了？」

宋遠山低聲道：「苗教授，你一定以為我是十惡不赦的漢奸，可惜這裏不是說話的地方，請你相信我，我也是一個有骨氣的中國人。」

苗君儒說道：「這年頭，誰的話都不能相信，我只相信我自己。宋師爺，在你沒來之前，我已經和他進行了三場賭局，我輸了。我不能讓日本人笑話我們中國人背信棄義，你走吧！」

宋遠山低聲罵道：「迂腐，都什麼時候了，還跟日本人講什麼仁義道德？」他停了片刻，接著說道：「擺在你面前的只有兩條路，要麼跟我逃走，要麼殺掉你！」

苗君儒說道：「宋師爺，你還是省省吧。一旦槍聲驚動了外面的人，你也是逃不掉的。如果你真的想幫我，就請你在明天最關鍵的時候出手相助！」

宋遠山似乎還在堅持，說道：「苗教授，我知道你是一個好人，可你也不要被自己的眼睛蒙蔽住了。你一定以為我師兄死了，是不是？我可以告訴你，他還活著！」

苗君儒驚道：「不可能，是我親手把他和劉掌門放在一起火化的！」

宋遠山說道：「可是在你們離開後，我的人在那間被火燒毀的屋子裏，只發現了一個人的骨骸。」

苗君儒說道：「火勢那麼大，一定是燒化了！」

宋遠山說道：「你是考古學者，不可能連一點常識都不懂，要燒化也是兩個人一起燒化，怎麼可能只留下一具骨骸？我聽說他十幾年前有過一次奇遇，從那以後就根本死不了！」

苗君儒說道：「我不會跟你走的，如果你想驚動外面的人，那就開槍吧！」

他說完後，起身坐在床沿上。床底下傳來一聲歎息，一陣窸窸窣窣的聲音過後，就沒有任何動靜了。

他一直坐在那裏，像一尊塑像一般，一動也不動。大雨不知道什麼時候停了，天空的烏雲也散去，露出一輪皎潔的滿月來。一陣清涼的夜風從門縫中鑽了進來，吹熄桌子上的油燈，風卷起那疊紙，紙片像蝴蝶一般四下飄落。水一般柔靜的月光，透過窗戶照在他的身上，映射出一圈奇異的光暈。

他在思索著宋遠山說過的話，如果宋遠山說的是事實，那麼，朱福的一切行徑，就值得懷疑了。那麼做的目的，究竟又是為了什麼呢？

第七章

百年盜洞

歷代帝王的陵墓在修築後，
都會將參與修建陵墓的人殺掉或直接封在墓穴裏，
連負責工程的大臣都不放過。
目的是為了防止機關密道外泄，引來盜墓者。
玄字派前輩為了活命，替自己留了一條逃命的密道，
但奇怪的是，這條逃生密道何以保留至千年之久？

當佐藤乙一再次走進小屋了的時候，苗君儒仍坐在那裏。他看著滿地的紙片，俯身一張一張地揀了起來，走到桌邊坐下，將紙張放在一旁，問道：「你沒看？」

苗君儒並沒有答話，只發出一聲輕微的長歎，看著兩個士兵將兩盤吃的東西擺在桌子上。他走過去，抓起一個煎餅咬了兩口，問道：「酒呢？」

佐藤乙一說道：「你還沒有回答我的問題。」

苗君儒不屑地說道：「你確定那些紙上面的每一個字每一個圖案，都跟天玉方略上面的一樣？」

佐藤乙一愣了一下，問道：「你說這話是什麼意思？」

苗君儒淡淡地說道：「只有靠天玉方略才能破解墓道內機關，如果有人想我們都死在裏面，只需在那些紙上做一點手腳就行！你告訴我，那些人都值得你信任嗎？」

佐藤乙一的臉色微微一變，問道：「如果沒有天玉方略，我們一樣會死在裏面！」

苗君儒說道：「任何事情都是有風險的，如果你不想死，那就放棄這次的行動！」

佐藤乙一的嘴角一陣抽搐，伸手將那疊紙撕得粉碎，罵了一句「八嘎」。

苗君儒說道：「藤老闆，哦不，應該是佐藤乙一才對，以前叫你藤老闆叫順口了，一時間改不過來。我說佐藤乙一先生，你太衝動了吧？我只是懷疑紙上的內容和天玉方略有不同的地方，並沒有確定。既然你不願放棄行動，如果拿著那些紙進去，好歹還能賭一把，總比白白去送死的強，我的話沒錯吧？」

佐藤乙一看著滿地的紙屑，怒道：「你敢耍我？」

苗君儒冷冷道：「是你先耍我，把我騙到這裏來！我只不過把你給我的，還給你而已！」

佐藤乙一說道：「就算我不騙你來興平，可是也有人要你來呀！」

苗君儒說道：「那就不關你的事了！」他看著地上的紙屑，接著說道：「唯一的生存機會，就這樣被你毀掉了！」

佐藤乙一說道：「如果我活不了，你也要死！」

苗君儒笑道：「每天都有許多抗日志士為國捐軀，大不了算上我一個！你可以殺了我，只要我一死，就更加沒人帶你們進去了！」

「那也未必，死了張屠戶，我照樣不吃帶毛豬！」隨著聲音，一個男人從外面走了進來。苗君儒定睛一看，居然是他認識的郭士達郭大善人。

苗君儒說道：「你郭大善人是當地鼎鼎有名的士紳，曾經做過那麼多有益於國家，有益於社會的事情，想不到你這樣的人，居然也晚節不保，當了漢奸！」

郭士達笑道：「苗教授，你錯了，我這麼做的原因，只不過為求自保而已！」

苗君儒說道：「在這興平城內，你就是土地爺，誰敢動你呀？」

郭士達說道：「普通老百姓是不敢動我，可是你看看，城內的國軍，城外的土匪和共產黨的遊擊隊，都在打我的主意！我光有那幾十個只會看家的廢物，頂個屁用呀？」

苗君儒想起韓縣長說過的話，說道：「姓郭的，你別當我是傻子。保安團和警察局，不都是你的人嗎？以你的聲望，余師長絕對不敢對你怎麼樣，而城外的那些土匪和共產黨的遊擊隊，更不敢在你的地盤上撒野。你和他合作，一定有你的目的，對吧？」

郭士達哈哈大笑幾聲，說道：「苗教授，你不是想知道我為什麼要和日本人合作嗎？好，我可以告訴你，當年我在日本人留學的時候，就認識了不少日本朋友，其中之一就是他的哥哥佐藤義男……」

苗君儒說道：「想必那十幾年前佐藤義男和劉掌門的那場賭局，你暗中出了不少力，對吧？」

郭士達笑道：「你確實很聰明，什麼事都瞞不了你。不錯，是我要佐藤義男去找劉掌門的，後來也是我暗中派人把他送回日本的！我祖上有幸成為楊貴妃的護陵將軍，將那個秘密寫在了族譜的夾層裏面。那個秘密在族譜裏面封存了一千多年，歷代郭家的族人，都不知道自家祖墳下面的玄機。十幾年前，我在一次整理族譜的過程中，發現了那個秘密。於是我找到了劉掌門，想和他合作打開貴妃墓，平分裏面的珍寶，但是他拒絕了。就在那時候，佐藤義男來興平找到我，想不到他也是衝著真貴妃墓來的，於是我要他去找劉掌門。」

郭士達頓了一下，接著說道：「你可別說和日本人合作就是當漢奸，想當初，孫中山先生不就是在日本友人的幫助下，才一次次的發起革命運動，推翻滿清的嗎？同盟會在日本的時候，就是因為日本黑龍會的大力支持，才得以發展的！我和日本朋友的合作由來已久。自古亂世出英豪，我生在亂世，以為跟其他的同學一樣，有朝一日能夠逐鹿中原，創下一番大業，我從日本回來，在興平拉起了一支隊伍配合辛亥革命，民國成立後，我成為陝西省國民議會的議長。

「由於袁大總統復辟帝制，不得已參加反袁運動，之後被迫逃到日本，袁世凱死後，我回來仍舊當議長，但由於蔣介石的獨裁，我這個議長變得有名無實。我原想趁著南北軍閥大戰，拉起隊伍獨霸一方，可惜準備不足，很快被馮玉祥打敗，我本人也被姓馮的關進監獄，兩年的監獄生涯，使我明白了很多人生道理。所以我在出獄之後開始忍氣吞聲，尋找機會。可是一年年的就這麼過去，眼看我都要黃土蓋頂了，可是我只能眼睜睜的看著他們一個個手握重兵權傾一方，而我卻只能空有滿腔的雄心壯志，窩在這種小地方等死。如果換成是你，你會甘心嗎？」

苗君儒長歎了一聲，說道：「上一次我們見面的時候，我以為你是個看透了世事的人，想不到你的名利之心還是那麼大。在西安事變之後，蔣介石不是要你當陝西省主席的嗎？那你為什麼要將委任狀當眾燒掉，甘願回到興平呢？」

郭士達說道：「你以為姓蔣的會安好心嗎？西安事變之後，陝西的各方勢力明爭暗鬥，連我的老同學閻錫山都不願插手陝西的事物，蔣光頭卻把這個燙手的山芋拋給我。如果我當了省主席，老蔣那邊，閻錫山那邊，共產黨那邊，哪一邊都討不了好，我可不願當一個任人擺佈的傀儡。」

苗君儒問道：「那你想當什麼？」

郭士達說道：「如果我能在興平起兵，在日軍的配合下控制整個陝西，我就是陝西王，今後問鼎中原，和閻錫山蔣介石他們平分天下，不是沒有可能！」

苗君儒說道：「國難當頭之際，你不求為國出力，卻在謀劃著一己私欲，與日本人相互勾結，置民族大義於不顧，只怕你這個願望無法實現！」

郭士達說道：「成則王敗則寇，我等這個機會，等了十幾年。只要我打開貴妃墓，用裏面的珍寶招兵買馬，加上日本人的幫助，我不怕願望實現不了！」

苗君儒說道：「我記得你剛才說過一句話，死了張屠戶，你照樣不吃帶毛豬。你的意思是，沒有我，你也能夠進去，對吧？」

郭士達笑道：「你是考古學者，應該知道唐朝的陵墓都藏在山腹內，一般的盜墓賊無能為力。但是溫韜做了七年的長安刺史，關中地區幾乎所有唐朝皇陵都被他盜盡，你知道他靠的是什麼嗎？」

苗君儒搖了搖頭，據史書記載，溫韜七年間盜挖了大量唐朝皇陵，除唐高宗李治和武則天夫妻合葬的乾陵外，連唐太宗的昭陵都未能倖免。史書上有關溫韜盜墓的手段，只說是動用軍隊和民夫，日夜挖掘，並沒有其他的解釋。他作為考古學者，不可能對歷史上已經下了定論的事情，去做無謂的研究，所以當郭士達那麼問他的時候，他登時就想到真正的答案肯定不為人所知的，所以才搖了搖頭。

郭士達說道：「唐朝皇陵的墓葬確實與其他朝代的墓葬不同，而且裏面機關重重。但溫韜得到了一個地字派高人的相助。只需挖開宮門，就能逐一破解裏面的機關，靠的就是一本拓板的天玉方略。」

苗君儒問道：「你的手上有拓板的天玉方略？」

郭士達說道：「可惜那本拓板的天玉方略並沒有傳下來。苗教授，你會錯我的意思了，我要告訴你的是，只要掌握了裏面的機關秘密，破解起來就不難了，我說得沒錯吧？」

苗君儒問道：「難道你有裏面的機關圖形？」

郭士達笑道：「如果你在一年前問我這個問題，我沒法回答你，但是現在，我可以明明白白的告訴你。貴妃墓是玄字派的高人設計的，那位高人和我的先祖一樣，將秘密藏了起來！那個秘密同樣被隱藏了一千多年，湊巧的是也被人發現了！」

苗君儒問道：「是誰發現的？」

郭士達高深莫測地笑了一下，說道：「你絕對想不到，那個人就是羅強的師父徐渭水。」

苗君儒問道：「你是怎麼知道的？」

郭士達朝門口說道：「徐老先生，你可以進來了！」

從外面走進來一個穿著一襲破衣的乾瘦老頭，苗君儒雖然跟徐渭水有過一面之交，但是他幾乎已經認不出眼前這個人，就是江湖上赫赫有名的徐渭水。

徐渭水走進來之後，眼睛盯著苗君儒看了片刻，用一種沙啞的聲音說道：「苗教授，想不到我們多年未見，居然會在這種地方見面！」

苗君儒說道：「想不到你也跟他們勾結在一起！」

徐渭水的眼中閃過一抹異樣的神色，說道：「苗教授，難道劉掌門沒有告訴你，我們玄字派和郭家的關係嗎？」

苗君儒說道：「即使你們玄字派和郭家有那層關係，你也不該助紂為虐！」

徐渭水笑道：「什麼叫助紂為虐？」他低聲詛咒了幾句，接著說道：「憑本事，玄字派的掌門人應該是我，可是上任掌門人偏心，不但將祖廟的秘密告訴了他的兩個兒子，還要讓他們兄弟輪流當掌門。我一氣之下，偷走了掌門秘冊，結果被同門追殺，四處流浪了幾十年。你知道那種無家可歸的日子，是多麼的難熬嗎？老天待人是很公正的，它既然讓我受了那麼多年的苦，就應該給我回報。

「一年前，我被一場大雨淋濕了身子，當我把那本掌門秘冊放在火上烘烤時，發現了兩片夾在秘冊裏面的羊皮紙。我這才知道，原來秘冊上的那些圖案，都是和貴妃墓有關的。貴妃墓內共有十八道機關，機關和機關之間相互聯繫，當上一道機關被破解後，必須在半個時辰內破解下一道機關，否則已經被破解的機關會重新開啟。半年前，我按著羊皮紙上的所示，下到墓道內，連續破了八道機關，誰知道在第七道機關內，碰巧救了一個人！」

苗君儒說道：「你說的是看山倒朱福。他和劉掌門是生死之交。劉掌門的小女兒身患怪病，必須要千年的血靈芝才能救治，他懷疑貴妃墓裏面就有那東西，一直都在尋找貴妃墓。劉掌門雖然知道貴妃墓所在，但苦於自己是掌門，加之害怕貴妃墓裏面的血咒會對朱福不利，所以寧願自己的女兒活不過十八歲，也不肯將貴妃墓的秘密告訴朱福。朱福不虧是地字派的掌門，終於被他發現了郭家祖墳的秘密。」

徐渭水得意地說道：「如果不是我，他只有在裏面等死的份！」

苗君儒問道：「既然你跟劉掌門不合，為什麼你卻幫他和朱福精心佈置了那處假貴妃墓呢？」

徐渭水說道：「朱福的師弟綁架了他的女兒，逼他找到石王。我得知這一消息後，主動幫他們建造那處假貴妃墓。姓劉的答應我，只要騙過了宋遠山，就讓我當掌門。哪知道他言而無信，當我幫他們建好那處假貴妃墓後，他倆卻聯手想置我於死地。若不是郭大善人出手相救，我早就已經死了。」

苗君儒說道：「你為了報復劉掌門和朱福，才和郭大善人聯手？」

徐渭水說道：「不錯！這幾個月裏，我在郭大善人家裏潛心研究那些機關的破解之法。即便沒有天玉方略，我也有八成的把握。我知道你的本事，所以多你一人進去，只不過多一分勝算的把握而已。」

很久沒有說話的佐藤乙一起身說道：「時候不早了，我們該上山了！」

半個小時後，苗君儒被幾個士兵押著離開了翠花樓，而詹林明和他的那個學生，卻不知道被弄到哪裏去了。街道上看不到行人，所有的商鋪都上起了門板，好奇的人們透過門縫往外看。城內十步一崗，五步一哨，連城頭上都安了大炮，一副大戰來臨的架勢。

賽孟德穿著一身軍裝，繫著披風，一副英姿颯爽的樣子，騎著馬和余力柱走在隊伍的中間。苗君儒在人群中搜尋了一番，發現其他人都在，卻沒有宋遠山和劉水財的身影，他朝郭士達問道：「宋師爺和劉參謀呢？」

郭士達微微一笑，說道：「等到了地方，你就知道了！」

他們一行人騎著馬，在士兵的簇擁下離開興平城，朝鳳凰山而去。

隊伍走了二十多里地，遠遠看到鳳凰山那連綿起伏的山巒，但隊伍卻沒有沿著大路朝郭家祖墳而去，而是拐上了一條山道。

苗君儒問道：「我們不是去郭家祖墳嗎？」

郭士達笑道：「我花了十幾年的時間，從我家祖墳那邊往山裏挖，可都沒有挖到墓門。倒是他們玄字派的先人在修築貴妃墓的時候留了一手，有暗道直通後山。我們從暗道進去，可以省掉很多麻煩！」

苗君儒這才反應過來，郭士達所說的暗道，原來就在山後的玄字派祖廟內。可是為什麼他兩次到祖廟內尋找，都沒有找到有密道的痕跡呢？

隊伍沿著山脊剛走兩三里地，只聽得幾聲巨響，前頭騰起幾柱黑煙，慘叫聲中，隊伍登時亂了。

緊接著，兩邊的樹林內響起乒乒乓乓的槍聲，不少士兵中彈，倒在血泊中。從後面衝上前兩隊士兵，貓著腰朝樹林中衝去。看他們那作戰的姿勢和靈活度，分明與走在前面挨子彈的那些士兵完全不同。

余力柱滾下了馬，指揮著士兵往前衝。佐藤乙一和賽孟德卻來到苗君儒的身邊，冷靜地看著發生的情況。郭士達則提著槍，躲在他們的身後。

樹林內的槍聲響了一陣，卻又奇蹟般的消失了。那些衝進樹林內的士兵回到山道上，其中一個軍官模樣的人來到佐藤乙一面前，用日語說道：「路上被人埋了地雷，樹林裏的是幾個土匪，都溜了！但是我們抓到了兩個人！」

聽了這個人的解釋，苗君儒的心中一漾，從槍聲上判斷，是漢陽造和盒子炮發出的，難道躲在樹林裏的人會是馬長風？以馬長風的那幾個人，怎麼敢打這幾百個人的主意？更何況還有佐藤乙一手下這些訓練有素的日本兵。

正想著，只見幾個日本兵推著兩個人從樹林內出來，他看清那兩個人的樣子，心裏暗暗叫苦。

被日本兵抓住的一男一女，正是程大峰和劉玉潔。等他們被押到面前，他急道：「你們怎麼也被抓住了？」

郭士達笑道：「這不是很好嘛？讓你們師生團聚了！」

程大峰笑了笑，一副無所謂的樣子。

郭士達對賽孟德道：「你可能不知道吧？站在你面前的這個女孩子，就是你的妹妹劉玉潔！你們姐妹有十幾年沒見了，要不要敘敘舊呢？」

賽孟德一聽此言，臉色頓時一變，表情極度複雜地望著劉玉潔。而劉玉潔望著賽孟德的眼神，卻由詫異逐漸變得憤怒，最後幾乎要冒出火來。若不是身後的日本兵抓得緊，說不定她已經衝上前去廝打了。

姐妹倆就這麼相視了片刻，劉玉潔的眼中噙滿了淚水，突然聲嘶力竭地喊道：「你把爹逼死了，這下總該滿意了吧？」

苗君儒微微一驚，原來她們姐妹早就知道對方的存在，只是沒有見過面而已，他這個局外人倒被蒙在了鼓裏！

賽孟德「哼」了一聲，說道：「從你生下來開始，爹的心裏就只有你。而我卻像是被他撿來的野孩子，動不動就打我罵我，為了逼我學什麼本門的秘術，居然狠心餓了我三天三夜。我餓得實在不行了，只有去街上偷東西吃，結果被人抓住。」她說著撕開右臂的袖子，露出上面的疤痕，咬牙切齒地接著說道：「更狠心的是，他還用燒紅的烙鐵在我的手臂上烙上這個印記，說是為了讓我記住偷別人東西的教訓。當年我被日本人抓走的時候，他為了那塊破鐵，居然甘願放棄我。那時起，我就對天發誓，一定要讓他悔恨終身！」

苗君儒看到賽孟德手臂上的印記，居然與地字派的掌門信物天地鎮魂金的外形一模一樣，而在此時，他眼角的餘光瞥見徐渭水的眼中，也露出一抹驚詫之色。

劉玉潔哭道：「你知不知道，自從沒了你之後，爹這麼多年是怎麼熬過來的？他給你立了一個長生牌位，每年你的生日，他都會給牌位上香，保佑你平平安安。有時他一個人坐在牌位前，一坐就是大半宿。他還常常對我說對不起你，就在前些天，他突然對我說，無論你對他做過什麼，都叫我不能恨你，因為那是他虧欠你的。為了你，他……」

郭士達不耐煩地打斷了劉玉潔的話，對佐藤乙一說道：「佐藤先生，我們的時間不多！」

佐藤乙一朝那軍官命令道：「吩咐下去，要余師長的人走在最前面，另外派兩支隊伍，迂迴搜索道路兩邊的樹林。」

那軍官「嗨」了一聲，領命去了。

隊伍丟下十幾具屍體，繼續往前走。由於擔心踩上地雷，前行的速度明顯慢了許多。

徐渭水對佐藤乙一說道：「照這樣的速度，趕到那裏就快中午了，最後一道機關只在午時自動開啟，錯過時間，就要再等六十年！」

佐藤乙一朝身後的三浦武夫說道：「你的人在前面開路，我們從林子裏穿過去！」

三浦武夫一招手，那十幾個穿著黑衣的忍者，如大鳥一般飛進樹林中，轉眼就不見了。二三十個穿著中國軍服的日本兵用刺刀撩開樹叢，很快清理出了一條道路。

就在這當兒，興平城方向傳來轟隆隆的炮聲，夾雜著激烈的槍聲，遠遠望去，只見城內冒起了幾處濃煙。

沒多久，一個士兵飛馬而來，到余力柱面前，下馬報告道：「報告師長，城南城北出現大批國軍，正在緊急攻城，城內軍心大亂，已經頂不住了！」

余力柱的臉色大變，說道：「我們已經封鎖了各條路口，不讓任何消息透露出去，他們怎麼來得那麼快？」

佐藤乙一說道：「余師長，命令你的人守住山道，升起大日本帝國的軍旗，用不了多久，大日本帝國的飛機馬上就趕到這裏支援，只要過了正午，我們就大功告成了！」

就在余力柱指揮士兵在山梁上構築防禦工事的時候，苗君儒他們三個人被幾個日本兵押著，跟著佐藤乙一鑽進了樹林。

鑽樹林比走山道更加吃力，而且在路程上還要長一些，但是可以避過山道兩邊的埋伏和埋在山道上的地雷。兩個多小時後，滿身大汗的他們，終於來到了這座破爛不堪的祖廟。

徐渭水上前幾步，雙膝跪在廟前，重重磕了幾個響頭，閉上眼睛，口中念念有詞，像是在求前輩們的寬恕。

那些忍者和士兵分散在小廟的四周負責警戒，其餘的人則跟著他們走了進去。

苗君儒看著右邊房屋內的那具黑漆棺材，朝徐渭水問道：「這裏是你們玄字派的祖廟，我想知道躺在那具棺材裏的人，究竟是誰！」

徐渭水說道：「按我們玄字派的規矩，只有掌門人才有資格躺在祖廟的棺材裏。我上次來的時候就已經看過，那裏面的兩具棺材都是空的，你怎麼知道裏面躺了人呢？」

苗君儒說道：「你的徒弟羅強昨天帶我來過這裏，而棺材裏的那具屍體，大約死了四五天的樣子。從時間上判斷，應該是我和佐藤乙一先生剛到興平。」

徐渭水面無表情地說道：「既然是他帶你來的，那你就去問他好了！」

徐渭水進了大殿之後，並未停留，而是直接來到後院，走到那棵大柏樹下，繞著大柏樹順時針走了三個圈，又逆時針走了三個圈，接著在大樹上猛拍了幾掌。「轟隆」一聲，他腳邊的地面裂開一個洞口。

郭士達說道：「玄字派的機關果然厲害！」

徐渭水帶頭走了下去，佐藤乙一朝苗君儒望了一眼，露出一抹詭異的微笑，牽著賽孟德的手跟了下去。

三浦武夫走到苗君儒的面前，做了一個「請」的手勢。

由洞口往下，是一級級的臺階，臺階並不整齊，也不是石塊砌成，而是直接在土層中刨出來的。兩邊的洞壁平滑，表面抹了一層糯米灰泥，雖逾千年，仍沒有任何地方坍塌。

歷代帝王的陵墓在修築之後，都會將參與修建陵墓的所有人殺掉或者直接封在墓穴裏，連負責工程的大臣都不放過。這麼做的目的，就是為了防止機關密道外泄，引來盜墓者。玄字派的那位前輩為了活命，暗中替自己留了一條逃命的密道，這本不足為奇，因為歷史上也不乏有這樣的記載。但奇怪的是，這條逃生密道何以保留千年之久？難道當年的那位玄字派前輩逃命之後，並沒有毀掉密道，卻故意留下線索，讓後人利用密道進去盜墓不成？如若是這樣，那位前輩何不乾脆留下破解機關的方法，讓後人順利進去呢？

他的手在洞壁上摸索了一陣，居然扣下了一塊糯米灰泥來，他趁走在後面的人不注意，將那塊灰泥用手指撚碎，放在鼻子下聞了聞。

這一聞，令他大為吃驚。以他多年考古的經驗判斷，糯米灰泥一旦成型，在地下歷經千年，仍堅硬無比。他以前挖掘一些墓葬的時候，遇到糯米灰泥築成的墓牆，即便用最鋒利的洋鎬，也難以挖開。在地下埋藏了上千年的糯米灰泥，其顏色暗黑，有一股自然的腐臭。而他手上的這塊糯米灰泥，卻依稀能夠聞到酸臭味。這種酸臭，是糯米粥和石灰攪拌之後發酵而形成的，即便在密封的墓穴內，這種酸臭味停留的時間，不會超過一百年。

這座祖廟是道光年間荒廢的，道光年到現在也不過百年。難道祖廟的荒廢，與這條密道有著直接的關係？那麼，當年這祖廟內，到底發生了什麼事？為什麼劉掌門把話說到嘴邊了，還硬生生吞了回去，究竟是什麼原因使他難以啟齒？

越往下走，洞壁越窄，到後來幾乎是滑著下去的。不知什麼時候，腳踩在前面一人的背上，是到底了。

他站起身，用電筒照了一下，見左右兩邊是一條連通的甬道，甬道高約四五米，寬約六米，頂部呈半圓拱狀。甬道的兩頭漆黑一片，不知道有多遠。就甬道這樣的建築規模，超過了一般的帝王。苗君儒進入過不少帝王的陵墓，有的陵墓甬道不過三米寬，高不過兩米。

腳下是兩尺見方的石板，鋪得整整齊齊。兩邊的牆壁都是三尺長一尺高的大條石塊，條石與條石之間的縫隙，用灰泥糊死。每隔兩三米，牆壁便凹進去一塊，裏面擺放著一尊與真人般高矮的石佛像，手電筒能夠照得見的，就有十幾尊。佛像的形狀和面部表情顯得極其怪異，曝凸的眼珠，像是緊盯著每一位進入這裏的人，詭異的臉部表情，又像是嘲弄每一位經過它身邊的人。

程大峰來到苗君儒的身邊，低聲說道：「苗教授，唐朝是崇尚佛學的，每隔兩三米就是一尊，如果這條墓道有四五百米長，那就是八百羅漢呢！」

他的聲音雖然很低，但足可讓大家都能聽到。他在說話的時候，故意貼在苗君儒的身邊，右手抓著苗君儒的左手，手指飛快在苗君儒的手背上敲著。

苗君儒迅速反應過來，程人峰那不經意的動作，卻是他所熟悉的摩斯密碼。他很快悟出了程大峰的意思：教授，我們來幫助你！

他回覆：我不需要你們的幫助，你應該帶她離開！

程大峰回覆：苗教授，我們都安排好了，你放心！

苗君儒說道：「你有沒有看出來，這裏面的佛像與一般寺廟裏的羅漢佛像有所不同！」

借著說話的掩護，他回覆程大峰：和你們一起在林子裏的是什麼人？

程大峰說道：「這些佛像的雕刻手法古樸自然而不失精湛，應該是唐代雕像的珍品。只是我覺得好像哪裏不對！」

在說話的時候，他的手指不停地敲擊著：是我們的人。我已經把興平城要發生兵變的消息送到西安去了。城內還有我們的人，他們一定會救出其他學生的。

「是有點不對，」說話的時候，苗君儒突然想到一個問題，一個學國學的學生，怎麼會一般人都不可能懂的摩斯密碼？雖然是西南聯大的同行推介過來的，可是言辭舉止，相對於普通的學生來說，要老練得多。他想到這裏，剛要敲擊問程大峰：你到底是什麼人？

可就在這時，從後面過來兩個日本兵，將他們強行分開。

程大峰說道：「苗教授，當年安史之亂，唐玄宗聽信讒言，把守潼關的封常清和高仙芝賜死，又命哥舒翰為統帥，率領鎮守潼關的二十萬大軍出關迎敵，終於導致潼關被安祿山攻破，進而危及長安，逼得唐玄宗出逃。這才有了馬嵬坡兵變，使一代美女楊貴妃喪命在這裏！如果唐玄宗不聽信讒言，重用奸臣，是不會發生安史之亂的。還好有郭子儀和李光弼等忠臣良將，要不然的話，大唐就真的完了。」

苗君儒細細品味著程大峰所說的話，聽出了一絲弦外之音，似乎在暗示著什麼。

甬道內的空氣顯得很渾濁，一股黴爛腐敗的氣味，熏得人頭暈。就在離他們不遠的地方，有幾具風乾的屍骸，從那已經風化但沒有變形的服飾分析，應該是修建這座陵墓的勞工。

他們下來的那個洞口就在一尊佛像的後面，佛像已經被人踢倒在地，頭部與身子分開，成了一件殘缺的藝術品。

人群往左邊的甬道而去，紛雜的腳步聲在甬道內迴響著，手電筒的光影照著那些石佛像，折射出一道道鬼魅般的人影來。在這種陰森而恐怖的地方，連呼吸都變得急促起來。走路也小心翼翼的，生怕觸動了墓道裏的機關，轉眼變成遊蕩在這裏面的鬼魂。

走了約十幾分鐘，前面的人停了下來，聽到徐渭水的聲音：「到了！」接著聽到他的驚呼：「糟糕，已經有人進去了！」

苗君儒幾步搶到前面，只見電筒的照射下，迎面一扇朱紅色的宮門，宮門的上方有一匾額，上面寫著「往生殿」三個大字。按佛教的說法，稱逝者為往生。宮門的兩邊各有一塊陰刻的對聯，上聯是：承君恩三千寵愛於一身；下聯是：別情郎空遙天際海茫茫。

佐藤乙一說道：「苗教授，唐代的詩詞對聯講究平仄對仗，你從這幅對聯上看出什麼問題沒有？」

稍通文墨的人都能看出這幅對聯上的問題，就在苗君儒正要說話的時候，隱約聽到裏面傳來打鬥聲。

徐渭水說道：「我果然沒有猜錯，有人比我們先進來了！」

郭士達問道：「你帶我們進來的那條密道，不是只有你才知道的嗎？」

徐渭水說道：「世間盜墓高手如雲，也許他們是從別的地方進來的。半年前我進來的時候，就是在第七道機關墓道內，救出了困在那裏的地字派掌門朱福。」

幾個忍者上前用力推開宮門，奇怪的是，當他們的手接觸到宮門後，手掌上冒起一陣青煙，慘叫聲中，那幾個忍者倒在地上，滾了幾下就不動了。

佐藤乙一厲聲道：「這是怎麼回事？」

還沒等郭士達去問徐渭水，三浦武夫已經拔出了武士刀，架在徐渭水的脖子上。

佐藤乙一說道：「你不是說十八道機關，你已經破了八道了嗎？怎麼我們一下來，就中了機關？」

徐渭水說道：「難道你們沒有聽到裏面的動靜嗎？一定是前面進去的人，擔心我們後面跟進去，才在宮門上做了手腳！」

佐藤乙一問道：「那要怎樣才能打開？」

徐渭水說道：「找東西將宮門頂開就行！」

佐藤乙一揮了一下手，幾個持槍的士兵衝上前，用槍尖頂著宮門一齊用力。一陣吱吱嘎嘎的聲音，宮門緩緩被推開，與此同時，大家都覺得宮門內似乎有什麼東西「嗖嗖」地飛出。

第八章

詭異墓道

這聲音有些熟悉，但又想不起是什麼人，
苗君儒正思索著，聽到一陣慘叫，
只見走在最後的幾個日本兵，丟掉了手裏的槍，
雙手捂著耳朵，痛苦地扭曲著身子，
眼見著他們的眼睛和鼻孔突突的往外冒血。
只一分鐘功夫，幾個日本兵都送了命，
沒人知道他們是怎麼死的。

在手電筒的光影中，站在最前面的幾個日本兵發出慘嚎，滾落在地上，大家這才看清，插在日本兵身上的，居然是幾支冷兵器時代的羽箭。兩個被羽箭穿胸而過的日本兵，當時就沒了氣息，而另外幾個受傷的，沒嚎多久就咽了氣。

慘叫聲在甬道內久久迴盪，聽得人頭皮發麻。

徐渭水低頭檢查了一下屍體，說道：「箭頭上有毒，見血封喉！」他起身對佐藤乙一說道：「佐藤先生，情況很不妙。」

佐藤乙一說道：「那你說說，到底是什麼情況？」

徐渭水說道：「從我們剛下來的那個地方到這宮門口，一路上共有兩道機關，之前就被我破解了。這整座陵墓共有三座的宮殿，分別是往生殿、情生殿和長生殿。每一座宮殿的機關佈置都不一樣。機關被破解後，不可能自動復位。」

佐藤乙一說道：「你的意思是，前面進去的人，把機關重新開啟了？」

徐渭水說道：「奇怪的是，路上的兩道機關卻沒有開啟，所以我懷疑裏面的人是通過另一條路，直接進到往生殿的！」

佐藤乙一問道：「誰有那麼大的本事直接進去？」

徐渭水說道：「上次我在情生殿宮門口救了看山倒朱福，除了他，我想不出誰還有那麼大的本事。」

郭士達說道：「你別忘了朱福還有個心懷鬼胎的師弟宋遠山，他的本事雖不及朱福，但為人奸詐，他抓走了朱福的女兒，就是逼朱福幫他尋找石王，如果被他找到朱福進來的通道，他就可以順著通道進來。」

徐渭水說道：「他即使有本事進得來，也沒本事破得了裏面的機關。」

郭士達說道：「如果他和你師弟劉水財勾搭起來呢？劉水財控制你的徒弟羅強，搞到了一份拓板的天玉方略。他完全可以再拓一份假的，而將假的獻給佐藤先生，自己卻留了一份真的。」

苗君儒說道：「他和劉參謀不都是你們的人嗎？」

郭士達冷笑了幾聲，沒有說話。

佐藤乙一說道：「徐先生，你不是得到了一份破解機關的羊皮紙嗎？怎麼沒見你拿出來？」

徐渭水嘿嘿地笑了幾聲，指著自己的頭部說道：「佐藤先生，羊皮紙已經被我燒掉了，但是裏面的東西，我都放在這裏面。」

佐藤乙一說道：「不管你用什麼方法，我們必須進去。事成之後，我們大日本帝國一定會獎賞你的！」

徐渭水走到宮門前，用手電筒朝裏面照了幾下，回身說道：「大家不要碰宮門，注意腳下的石塊，跟著我的腳步走，千萬別走錯了！」

大家一個挨著一個，踩著徐渭水走過的地方，小心翼翼地進了宮門。

進了宮門，地上有幾級臺階，臺階下方的左右各有一個半人高的銅香爐，銅香爐的造型別致，東南西北四個方向各有一顆大龍頭，龍頭仰首張口，龍身與爐身渾為一體，在電筒光線的照射下，銅香爐泛出一抹金黃色的光暈。

再往前就是一條一米多寬的石板路，石板路兩邊是一根根鏤雕的蟠龍石柱，石柱旁那一尊尊唐代官員的石像。這些石像雙手攏在胸前，身子微躬，頷首低眉，一致朝著宮門的方向，像是在迎接君王的到來。

在石像邊側的角落裏，堆著不少陶製的冥器。這都是正宗的唐三彩，隨便拿一件出去，都能賣幾千現大洋。

當他們進來之後，居然聽不到原先的打鬥聲了。

徐渭水說道：「玄字派的前輩高人在這裏面下了血咒，任何東西都不能碰，如果有誰聽到陌生的聲音在耳邊說話，千萬不要答應，更不要當真，否則會死得很難看！」

徐渭水說完後，從背袋裏拿出兩坨棉花，塞住了耳朵。其他人見狀，也紛紛拿出布條塞住耳朵。

苗君儒剛要學著別人的樣子用布條塞住耳朵，就聽到有一個細微的聲音傳來：「你終於來了！」

苗君儒微微一愣，這聲音似乎有些熟悉，但又想不起是什麼人，正思索著，聽到後面傳來一陣慘叫，扭頭看時，只見走在最後的那幾個日本兵，丟掉了手裏的槍，雙手捂著耳朵，痛苦地扭曲著身子，眼見著他們的眼睛和鼻孔突突的往外冒血。只一分鐘功夫，幾個日本兵都送了命，沒人知道他們是怎麼死的。

其他的日本兵一個個露出恐懼之色，在三浦武夫的驅趕下，眼睛盯著腳底下，一步步的跟著往前挪。

苗君儒看著日本兵的熊樣，心底沒來由的一陣暢快。這些被日本軍國主義者洗過腦的傢伙，在中國人的面前全都如兇神惡煞一般，殺起人來眼睛都不眨一下。可是現在卻變得如此猥瑣和不堪，一個個鼠頭鼠腦的。

苗君儒朝走在前面的那個日本兵的肩膀上輕輕拍了一下，卻見這日本兵哼都沒哼一聲，身子一翻倒在地上，眼珠子直愣愣的，嘴角流出白色的泡沫，顯然是嚇暈過去了。原來如狼似虎的日本兵，也有這等熊樣的時候，所謂的大日本帝國精銳，也不過如此。

走了約一百多米，前面的手電筒光又照著了一座宮門，宮門上方的匾額上有三個大字：情生殿。宮門兩邊照樣有一副對聯，上聯是：此生此情昭日月，下聯是：難捨難了越重洋。

在宮門的兩側，各有一排宮女的石像，那高挽的髮髻，豐腴的身段，半露的酥胸，竟真人一般無異。

與前面的長生殿不同的是，情生殿的宮門並未打開，而是緊閉著。

郭士達低聲對徐渭水說道：「不是聽到有人打鬥的嗎？人呢？」

徐渭水說道：「在這裏面聽到的聲音，不一定是活人發出的。」

他的話音剛落，黑暗中傳來一陣「嘿嘿」的笑聲，那聲音就像從地獄裏發出來一般，聽得人毛骨悚然。

徐渭水走上臺階，來到右邊第二個宮女的面前，拉住那宮女的右手往後一拽，只聽得一聲轟響，宮門自動朝兩邊開啟。

宮門開啟之後，從裏面吹出一陣涼風，涼風中夾雜著一股刺鼻的油味。

上臺階的時候，其中一個日本兵情不自禁地去摸一尊宮女石像，他的手剛碰到石像的胸部，突然就像觸了電一般的跳起來，身上居然冒起一團火燄，轉眼間就被火團給包住了。有幾個日本兵想上前搶救，卻被三浦武夫持刀攔住。

三浦武夫的刀鋒一掃，那個日本兵的頭顱飛起，落到臺階下面，從暴縮的脖腔中噴起一道血箭，那些宮女石像和一些與那日本兵離得近的人，身上都被濺了血。屍體倒下的時候，那團火苗也奇蹟般的不見了。

詭異的事情出現了，那些沾了血的宮女石像竟然活了過來，有兩個倒楣的日本兵被宮女抓住，還沒來得及掙脫，脖子就被咬開一個大口子，鮮血從口子裏射出來，準確地落入宮女張開的嘴巴裏。宮女喝了血，眼珠子變得跟血一樣紅，意猶未盡地抹了抹嘴，撲向其他的日本兵。

郭士達怔怔地站在那裏，口中喃喃道：「血咒啊！血咒啊！」

穿著黑衣的忍者已經持刀撲了上去，可是日本刀砍在宮女們的身上，就如砍在岩石上一樣。忍者跳在一旁之後，三浦武夫指揮著日本兵朝那些撲過來的宮女開槍。往生殿內槍聲大作，子彈在空中劃出一道道的曳光，打在宮女們的身上，也只留下一個小凹坑。

槍彈都無法阻止宮女們的緊逼，眨眼間，又有幾個日本兵被宮女吸乾了血，吸了血的宮女變得更加瘋狂。好在她們的動作跟殭屍一樣遲緩，否則，這些人還不夠她們打牙祭的。

日本兵邊開槍邊往後退，有些日本兵在後退的時候，腳下的石板突然裂開，露出一個黑窟窿來，日本兵發出一聲慘叫的時候，身子已經掉下黑窟窿，轉眼間石板又合攏了。

苗君儒知道這裏面遍佈著機關，所以他一直不敢亂動，推開幾個後退的日本兵後，才穩住了身子。

程大峰和玉潔也被日本兵擠著往後退，當他看到兩個日本兵掉進黑窟窿後，心知不妙，硬生生止住了腳步。兩個宮女已經衝到他們的面前，他抬起一腿，踢開了左側的宮女，可是右邊的那個宮女，卻已經抓住了玉潔。

就在這時，只見玉潔的手上出現了一個黑乎乎的東西，飛快地將那東西塞進了宮女的嘴裏。那宮女發出一聲尖厲的慘嚎，身子朝後一仰，摔在地上斷為幾截。

苗君儒吃驚地看著這一幕，他早就聽說有盜墓高人用黑驢蹄子和糯米對付墓葬內的殭屍，今日總算見到了。玉潔是朱福的乾女兒，朱福怎麼會不教給她呢？

玉潔伸手入衣，摸出一把糯米撒過去，糯米落到宮女們的身上，發出劈劈啪啪的爆響，宮女們像遇到了剋星，往後跳去。

玉潔又一把糯米撒出，她不但不朝後退，反而拉著程大峰往前走。

徐渭水的手上出現三支香，輕輕揮了一下之後，香頭自燃。他的另一支手到背袋裏掏出幾張符咒，迎風點燃，口中念念有詞，符咒燒完之後，那些宮女都停止了往前衝，一個個回到原來站立的地方，再也不動了！

郭士達笑道：「姓徐的，原來你有本事破裏面的血咒！」

徐渭水大聲道：「苗教授，注意腳下的路，天玉方略第二章天機數第三節！」

苗君儒微微一笑，記得他當年和徐渭水聊天的時候，曾說起自己有過目不忘的本事，想不到徐渭水將此事仍記在心裏。

天玉方略第二章的內容分為上下兩篇，上篇為天機數，下篇為天理數。天機數是以陰陽五行之說分解周易六爻八卦的，而天理數則是風水堪輿之說分解道德經的。天機數第三節的內容為：屯。元亨利貞。勿用有攸往，利建侯。初九轉六四，往，吉。無不利。

此卦原本的寓意為不宜出行，宜停留在原處。但天玉方略中的注解是：六四之數，變不利為大利，無阻。

苗君儒心念一動，雙腳分別踩在六四兩塊石板上，剛往前走了幾步，就聽到佐藤乙一叫道：「攔住他！」

兩個黑影一前一後向苗君儒撲來，他的腰板朝後一彎，使了一招金剛鐵板橋，避過第一個忍者，隨即飛起一腿，來了個倒踢金鉤，將第二個忍者踢飛。

三浦武夫叫道：「苗教授，好功夫！試試我的伊賀派刀法！」

話音一落，三浦武夫飛身在半空，手中的武士刀化作千萬條刀影，將苗君儒罩住。

苗君儒低聲道：「好一招幻影流！」

日本忍者刀法不像中華武術那麼花俏，實戰中講究快、狠、準，兩個高手對決，往往一招就定勝負，毫不含糊。三浦武夫這一招幻影流已使得爐火純青，不知道有多少中國武林人士喪命在他的刀下。他以為苗君儒躲不過這一招，雖然用盡了全力，但留了退路。因為佐藤乙一只叫他攔住苗君儒，並沒有要他下殺手。伊賀派忍者的門規，違抗命令是要被處以極刑的。

他的身形落下的時候，只覺得眼前一花，苗君儒居然奇蹟般的從他的刀影中閃了出去。他的腳踩在一塊石板上，忽然覺得那石板完全不著力，定睛一看，石板居然裂開了一條縫，他的身體正朝那個窟窿裏落下去。他連忙收起刀影，用刀尖在旁邊的石板上一點，借力滑向一旁。當他落下站穩後，才感覺背心上出了一陣冷汗。

苗君儒剛從三浦武夫的幻影流脫身出來，腳都沒站穩，就聽到玉潔的尖叫聲。定睛看時，玉潔被兩個日本兵拉著，三個忍者圍著程大峰一陣亂砍，程大峰左閃右避，還要注意腳下的石板，別說去救玉潔，保命都困難。他剛避過斜劈過來的一刀，右腳踩在一塊活動的石板上。

就在程大峰掉進窟窿的時候，一隻大手及時伸過來抓住了他。

苗君儒抓住程大峰，用盡全力將他朝徐渭水扔過去，程大峰在空中翻了兩個跟斗，落在徐渭水的身邊。

苗君儒的身體並沒有停住，他縱身躍到玉潔的身後，一掌劈在左邊那日本兵的脖子上，接著一腿將右邊的日本兵踢飛，順手牽起玉潔，朝前衝去。

徐渭水一腳踏在宮門正中間的那塊石板上，從頭頂傳來一陣金屬的聲音，一道鐵柵欄憑空而落。

眼看苗君儒拉著玉潔就要衝過落下的鐵柵欄，到達徐渭水的身邊，不料刀光一閃，三浦武夫鬼魅般的出現在他們的面前，擋住他們的去路。

苗君儒為了避開三浦武夫的刀鋒，硬生生止住腳步，剎那間，鐵柵欄轟然落下，程大峰和徐渭水在裏面，而苗君儒和玉潔則被擋在這邊。

佐藤乙一大聲道：「都給我住手！」

三浦武夫閃到一旁，佐藤乙一望著徐渭水，一字一句的說道：「徐先生，我一直都相信你，想不到你還是令我失望。告訴我，你為什麼要這麼做？」

徐渭水說道：「很簡單，因為我是中國人！」

佐藤乙一哈哈地大笑幾聲，說道：「徐先生，為了阻止我們得到萬古神石，你和劉掌門，還有朱福他們，可謂是煞費苦心啊！不管怎麼說，我們進來了。只要我一聲令下，你們全都要死在這裏。中國有句俗話，識時務者為俊傑，不需要我再教你了吧？你說過，半年前朱福就是被困在這裏，是你幫他解困的。你現在告訴苗教授，讓他替你打開鐵柵欄！」

徐渭水沉默了片刻，說道：「天玉方略第二章天機數第十七節！」

天玉方略第二章天機數第十七節的原文是：復。亨。出入無疾，朋來無咎。反覆其道，七日來復，利有攸往。

此卦原本的寓意為天寒地凍之時不宜出行，連君王都關閉城門不出外巡視。但後面注解是：此為天雷複卦，坤上震下，需把握時來運轉之機，七數，左為大。

苗君儒看著左面的那一排宮女石像，走到第七個宮女的面前，托起宮女的左腳。轟隆聲中，鐵柵欄緩緩升了上去。

就在苗君儒開啟機關的時候，兩個日本兵將玉潔押到佐藤乙一的身邊。程大峰從裏面走了出來，本要去救玉潔，卻被苗君儒扯住。他借機用摩斯密碼告訴苗君儒：我們錯怪宋師爺和徐渭水了，他們都是好人，為了使日本人相信，才故意那麼做的。

苗君儒用摩斯密碼問道：如果不想讓日本人搶走石王，完全可以用另外一種辦法，可是他們為什麼要那麼做？

程大峰回覆：因為他們要救玉潔，只想從貴妃墓裏得到千年血靈芝。單憑一個人的本事，是打不開最後一道機關的。

苗君儒問道：你怎麼知道那麼多？你到底是什麼人呢？

程大峰微微一笑，手底下回覆：你是一位令我敬佩的好人，苗教授，我是一個有信仰的中國人。

得到這句話，苗君儒似乎明白了什麼。

在他們兩人用摩斯密碼對話的時候，佐藤乙一已經拔出了手槍，對準了玉潔，沉聲說道：「徐先生，我知道你也想趁這個六十年一遇的機會來救這位姑娘，是吧？」

程大峰朝佐藤乙一叫道：「藤老闆，這裏是興平，不是淪陷區！在我們這幾個人面前，你只不過是暫時的優勢，別忘了，外面還有好幾千的中國軍隊呢！你們能不能離開興平還說不定，有什麼資格和我們談條件？」

佐藤乙一說道：「我能不能離開興平，和你沒關係！我的目的只有一個，就是進貴妃墓，拿到真正的萬古神石。」

程大峰用手在苗君儒的手上說道：他很狡猾，怎麼辦？

苗君儒回覆：玉潔在他的手上，暫時聽他的，等待機會！

佐藤乙一朝程大峰招了招手，程大峰在苗君儒的手上打完「到了裏面見機行事」幾個密碼後，走到佐藤乙一的身邊。

佐藤乙一用手拍了拍程大峰的臉頰，輕蔑地說道：「你以為你玩的那些小動作我不知道嗎？別忘了我是幹哪行的！在西安的時候我就注意你了，我們住在劉參謀家裏的時候，你藉口上街，實則去與你們的人聯繫。你會摩斯密碼不足為奇，但苗教授也會，就使我有些意外了！」

他望著苗君儒，繼續說道：「苗教授，麻煩你和徐先生在前面開路。別忘了，你的兒子和情人都盼著你回去呢！」（作者注：苗君儒的義子苗永健是他出外考古時揀回來的，而廖清則是他的初戀情人，為了廖清，他終身未娶。他與廖清的故事，詳見拙作《盜墓天書》）

苗君儒幾步掠到徐渭水的面前，低聲道：「你的葫蘆裏賣的是什麼藥？」

徐渭水狡黠地笑了一下，說道：「別管是什麼藥，只要能夠治病就行！苗教授，要不是為了最後一道機關，我們也用不著把你給扯進來！」

他彎腰把那三支香插在宮門邊，朝裏面躬身拜了三拜，大聲道：「玄字派弟子徐渭水，為救掌門之女，不得已觸犯門規，還請前輩諒解。如今國難當頭，弟子一定竭盡全力維護本派，心昭日月，魂魄相依！」

說完之後，他大步走了進去。

佐藤乙一用日語朝那些日本兵和忍者命令道：「看住他們，小心跟上！」

情生殿與往生殿不一樣，裏面空蕩蕩的，什麼東西都沒有。人剛走下臺階，就覺得眼前朦朦朧朧的，像起了一層霧氣，在電筒的光影下，似乎有很多身影在飄來飄去。

腳底下的路並不是石板路，而是一塊塊兩尺見方的方磚，方磚與方磚之間的縫隙很大，能塞得下一個手指頭。

苗君儒跟著徐渭水走得很小心，越往裏走，那股刺鼻的油味就越濃，霧氣也就越大，到後來，就像走在春天的細雨裏，渾身濕漉漉的，連頭髮都濕了，用手一摸，居然滿手都是油。

還沒等他說話，後面有人用日語喊起來：「這裏面都是油！」

徐渭水慢悠悠地說道：「當然都是油，只要一丁點火星，整個情生殿馬上變成火海，片刻就能把人燒成灰！」

苗君儒微微一愣，想不到徐渭水居然也能聽得懂日語。

徐渭水低聲道：「苗教授，民國廿一年的時候，我跟著別人闖關東，結果被日本人抓到一個煤礦裏幹了三年，我除了撿回一條命外，還學會了聽日本話！」

徐渭水停了片刻，接著道：「過了前面的四大天王，不管聽到什麼聲音，都不要分心！」

往前走了約二十米，霧氣漸漸不見了，依稀可見幾座黑乎乎的東西，走進了一看，才看清果真是廟宇裏面的四大天王神像，每尊神像有三四米高，如天神一般俯視著腳下的人。

過了四大天王神像，耳邊隨即傳來一陣銀鈴般的笑聲，那笑聲充滿了純真，但又有幾分渴望，像是一個懷春的姑娘，躺在情人的懷抱中撒嬌。一個溫柔的聲音在他耳邊呢喃著：「你來嘛，快來嘛！」

苗君儒聽著那聲音，情不自禁地朝邊上走去，剛邁出兩步，卻被徐渭水一把抓了回來，他臉上一陣發熱，心道：慚愧，都這麼大年紀了，居然沒有一點定力。

當下收斂心神，再也不去聽那聲音。可那女人的聲音卻總在他耳邊迴響著，時而是春意蕩漾的嬌笑，時而是充滿誘惑的呼喚。

後面傳來三浦武夫的叫喊：「你們都想幹什麼？不要被聲音所誘惑，你們是大日本帝國的軍人……」

苗君儒朝後望去，依稀看見好幾個日本兵和兩個忍者武士脫離了隊伍，往邊上走去了，任由三浦武夫怎麼叫都叫不住。幾個日本兵的身影很快消失在霧氣裏，再也看不見了。過了片刻，黑暗中傳來幾聲慘叫。

又有幾個日本兵要離開隊伍，三浦武夫衝上前，一頓耳光將他們搧醒。有一個日本兵走得較遠，被搧醒之後剛要歸隊，只聽得一聲慘叫，痛苦地扭了幾下身子，就再也不動了。人雖然已死，但屍體卻沒倒下，而是直挺挺的站著。

苗君儒擔心程大峰受不了那聲音的誘惑，可是他看見程大峰和玉潔手牽著手走在一起，一點都沒有被誘惑的樣子。

徐渭水用手電筒晃了一下前面，說道：「苗教授，天機數第二十六節。」

天機數第二十六節的原文是：利西南，不利東北。利見大人。貞吉。

此卦原本的寓意為往西南方走有利，往東北方走不利，見王公貴族也會達成願望。逢凶化吉之兆。但後面注解是：此為蹇卦，艮下坎上。需慎之，切忌明火，見四方天王，十步，西南行，大順。

前面雖然有路，但是徐渭水並未往前走，而是朝左邊走去。

苗君儒望著徐渭水的背影，萌生出一絲疑惑，徐渭水說是在情生殿的宮門口，救了被困住的朱福，如此說來，朱福一定是打出盜洞直接進入往生殿的，由於不懂破解機關才會被那道鐵柵欄困住。他還說十八道機關，已經破了八道，可是從進情生殿的宮門一直走到現在，並未觸發一道機關，難道走在前面的人，已經將機關破解了不成？

走在前面的徐渭水停了下來，低聲說道：「苗教授，天機數第二十七節。」

第二十七節的原文是：亨。貞大人吉，無咎。有言不信。

此卦原本的寓意為無論怎麼申辯都無濟於事，除了有牢獄之災外，還要接受肉體之刑。但後面注解是：此為困卦，坎下兌上。身處絕境，遇紅而止，墓神有靈，殺小人，六為吉。

前面沒有路了，只有一堵紅色的石牆。牆上陰刻著六幅圖，圖邊還有文字。苗君儒用手電筒照了一下，第一幅圖上面兩個打著燈籠的太監在前面帶路，一個豐腴的貴婦人在幾個宮女的陪伴下緩緩前行，旁邊的文字是：承君恩玉環進宮。

第二幅圖上是一群宮女服侍一個貴婦人在池中沐浴，旁邊的文字是：沐君恩驪山出浴。

第三幅圖則是天空中一輪圓月，君王在眾侍衛的保護下席地而坐，貴婦人一手舉著酒杯，一手揚起，彷彿在隨風飄舞，旁邊的文字是：受君恩中秋醉酒。

第四幅圖是一間大屋內，幾個宮女正圍著一個上吊的貴婦人，而屋外則是手持刀槍的將士，旁邊的文字是：憐君恩生死相別。

第五幅圖是茫茫無際的大海，大海上一艘大船，貴婦人站在船頭上掩面哭泣，旁邊的文字是：別君恩淚灑仙山。

奇怪的是，最後一幅圖上只有一隻鳥，沒有任何文字。

佐藤乙一嘿嘿地笑了兩聲，對身後的賽孟德說道：「老師說得沒錯，當年楊貴妃並沒有死在中國，而是被我們大日本的遣唐使送回了日本。」

徐渭水問道：「苗教授，你看懂這六幅圖了嗎？」

前五幅一看就明白，但是最後一幅，卻耐人尋味。苗君儒搖了搖頭，卻又點了點頭。

據《明皇雜錄》記載，楊玉環晉為貴妃之後，嶺南貢上一隻白鸚鵡，能模仿人語，唐玄宗和楊貴妃十分喜歡，稱牠為「雪花女」，於是宮中的人都稱這隻白鸚鵡為「雪花娘」。「雪花娘」聰明絕頂，每次唐玄宗命詞臣教牠讀詩，幾遍之後，這隻白鸚鵡就能吟頌出來，逗人喜愛。玄宗每與楊貴妃下棋，如果局面對唐玄宗不利，侍從的宦官怕皇上輸了棋，失了君威，就叫聲「雪花娘」，這隻鸚鵡便飛入棋盤，張翼拍翅，「以亂其行列，或啄嬪御及諸王手，使不能爭道。」可惜這隻可愛的「雪花娘」後來被老鷹啄死，唐玄宗與楊貴妃十分傷心，將牠葬於御苑中，稱為「鸚鵡塚」。興許是懷念那隻白鸚鵡，自那以後，楊貴妃就再也沒有養過鸚鵡。

天玉方略中已經說明，六為吉，也就是說，破解這道機關的秘密，就在這幅圖上。可單單這幅圖，也看不出奧秘在哪裏！苗君儒盯著圖上的鸚鵡，陷入短暫的沉思中。

徐渭水說道：「苗教授，十八道機關每一道都環環相連，當一道機關被破解之後，必須在半個時辰的時間內，破解下一道機關，否則所有的人都會死在這裏。」

苗君儒說道：「你的意思是，有人走在我們前面，幫我們破解了前面的機關？」

徐渭水並沒有回答苗君儒的話，而是說道：「苗教授，你可是朱福最佩服的人！」

半柱香的時間說過去就過去，苗君儒伸出手，剛要摸到第六幅圖時，忽然感覺一股奇怪的力道從手指上傳來，瞬間襲遍全身。他大叫一聲，往後退了好幾步，才堪堪站住腳。

人影一閃，徐渭水衝到苗君儒的身邊，扶住他道：「苗教授，你沒事吧？」

苗君儒甩了甩有些痠麻的胳膊，說道：「沒事！」

他吃驚地望著第六幅圖，這種含鐵量極高且有一定導電功能的紅色岩石，他並非沒有見過，可問題是，那電是怎麼來的？難道一千多年前的人，就發明了電，並裝在墓葬內用來防止後人盜墓不成？

唐朝不可能發明電！

徐渭水低聲道：「苗教授，如果不行的話，我們趁早退回去，或許還有一絲活路！」

苗君儒定睛看著那隻鸜鵒片刻，腦海中靈光一閃，鸜鵒鸜鵒，「應為五也」，他微微一笑，上前一掌朝第五幅圖拍去。

他的手拍在第五幅圖上，卻拍了個空，仔細一端詳，原來第五幅圖並非真正的雕刻，而是虛影，牆壁後面居然是空的。若不是用手去拍，根本就察覺不出來。

一陣細微的聲響，就見左邊的那塊石壁緩緩向後退去，露出一個齊人高的洞口來，而洞口裏面，居然還透出光線。

徐渭水面無表情地望著苗君儒，做了一個「請進」的手勢。

裏面是一條寬約兩米的甬道，甬道兩邊的牆上，每隔五到六米，便掛著一盞唐代宮廷風格的八角玲瓏宮燈，光線正是由那些宮燈發出的。宮燈上畫著仕女圖，神態各異，但都那麼栩栩如生。

在甬道的盡頭，可見一扇造型別致的宮門，上方隱約有三個字。

徐渭水跟了進來，說道：「前面就是長生殿，最後一道機關就是如何打開宮門。」

一路走到長生殿的宮門口，居然什麼事情都沒有發生。

後面進來的那些日本人，對著宮燈發出驚歎聲。

近前之後，果見宮門上方牌匾上寫著「長生殿」三個大字，與前面兩座宮殿不同的是，這塊匾額的下方居然還有落款。雖然落款有些模糊不清，但是苗君儒已經認出，這是唐明皇李隆基的御筆。能夠得到一代帝王的如此寵愛，楊玉環不枉此生。

宮門兩側的對聯，同樣是唐明皇的御筆。上聯是：憶當初兩情相悅結連理；下聯是：思愛妃一曲終畢淚沾裳。

這下聯雖然與上聯不對仗，但也說出了唐明皇失去摯愛後的心態。

在長生殿宮門口的左邊，有一張方桌大小的石台，石臺上放著一塊磨盤大小的羅盤。羅盤創自軒轅黃帝時代，後經過歷代前賢，按易經及河圖洛書的原理，參照日月五星七政及天象星宿運行原則，再察地球上山川河流，平原波浪起伏形態，加以修正改良製造而成，用於測定方位和勘察地形。是風水先生的飯碗。

羅盤由三大部分組成：分為天池、內盤和外盤。天池也叫作海底，就是指南針。主要由頂針、磁針、海底線、圓柱形外盒、玻璃蓋所組成，固定在內盤的中央。內盤就是指緊鄰指南針外面那個可以轉動的圓盤，羅盤所有的資訊都在內盤上，內盤面上印有許多同心的圓圈，一個圈就叫一層，每一層都有不同的字元。外盤為正方形，是內盤的托盤，在四邊外側中點各有一小孔，穿入紅線成為「天心十道」，用於讀取內盤盤面上的資訊。風水先生就是根據天池指南針上的變化，對應內盤裏的資訊，判斷出陽宅與陰宅的風水凶吉。

苗君儒一眼就認出，眼前的這塊羅盤，其內盤只有六層，分屬陰陽八卦和天干地支，並非後來經過改進加了二十四山方位的楊公盤。因為在唐明皇的時代，風水大師楊筠松還未出世呢。

風水堪輿在中國已有數千年的歷史，派系眾多，各派都有自己的秘術。每個師父都在臨終前，才會把最重要的衣缽及一生的修為秘訣，傳給最喜愛的弟子門生。羅盤也是師傳承法物之一。

師父傳法與弟子衣鉢，就證明把畢生的心血及期望與滿盤托負交給了弟子，通常在江湖業界中稱為將飯碗交給了弟子，希望能繼續遺志及發揚光大。如果一個風水先生，不管是名師或是新入道風水學徒，如果沒有上師之衣鉢，就不具備師承之關鍵技術秘術，通常不具備嫡傳傳承資格。

用江湖話來說就是「瓢學」，即半路出道的先生。這種沒有經過師承的先生，只能夠簡單地斷驗一些陽宅和陰宅的風水，但是無法「做」風水。因為「斷」風水與「做」風水是完全不同的。「斷」風水只是「看」和「斷」，法門可以有多種，如八卦、奇門、心易法、巫術等等，看書就能夠學會。而「做」風水，則是著力於一個「做」字，可以通過「做」風水，達到操控人生禍福、扭轉乾坤的目的。

沒有過硬的陰陽風水本領的人，也不敢隨意替人「做」風水，以免損己福損他人。陰宅風水殺人損人其禍慘烈，嚴重大至滅族，小至傷亡，不出百日即可現。做風水必須具備過硬的風水秘術，這種秘術卻是書本上所沒有的。只有傳承，才能得到這種本事。由於「做」風水等於是改變了世間的一切自然規律，按照風水堪輿行內的說法，那是損自己陰德的，輕者折壽，重則喪命。所有即便是會「做」風水的風水先生，也是不會輕易替人「做」風水的。

苗君儒認識不少風水先生，都會「做」風水，但他們毫無例外，都沒有提別人「做」過。

在羅盤旁邊的地上，倒著十幾具屍骸，雖然有些衣服已經風化，已經看不出原來的式樣，但是頭骨旁邊的頭髮，卻已經使他看出了這些人分別屬於不同的朝代。從宋朝到清朝都有，還有一具的骸骨是白色的，頭髮只有一寸多長，從骸骨的顏色分析，死亡時間不超過二十年。

不是說這個墓葬內被玄字派的高人下了血咒，一般人不敢進來的嗎？怎麼有這麼多人死在這裏呢？能夠破解那麼多機關，走到這裏的人，都不是平庸之輩。

在眾多具骸骨的中間，有兩處空地方，苗君儒瞟了徐渭水一眼，沉聲說道：「玄字派和地字派的先人有人收屍，只可惜了這些沒有後輩的高人們呀！」

徐渭水一臉驚訝道：「你怎麼會知道被收走了的兩具骸骨，是玄字派和地字派的先人？」

苗君儒說道：「朱福當年對我說起過，他有位師叔，是地字派中的佼佼者，民國初年和一位玄字派的前輩一同外出，之後就沒有了消息。想必他們和這些人一樣，千辛萬苦到了這裏，最後卻無法破開最後一道機關，不幸死在這裏。你能夠帶我走到這裏，就說明你們和他們一樣，同樣破解了其他的機關。面對先人的屍體，你們怎麼可能不處置呢？」

徐渭水臉上的肌肉抽搐了幾下，說道：「苗教授，半個時辰的時間還剩多少？難道你想我們也變得跟地上的人一樣嗎？」

苗君儒就站在羅盤邊，仔細看了羅盤上的指針。只見那指標和懷錶上的指標一樣，微微走動著，每一秒鐘都指向不同的方向。羅盤的擺勢也有些不正常，為震上巽下的方位。

徐渭水說道：「按我們掌門秘冊上的說法，破解最後一道機關為天玉方略中天機數第三十二節！」

天機數第三十二節的原文是：恒，亨，無咎，利貞。利有攸往。

天機數總共三十二節，前三十一節所對應的易經原文，都顯得雜亂無章，唯獨這最後一節，對應的卻是易經的第三十二卦。按此卦的本意，原是祝願美好的生活能夠持續下去，一生無憂無慮無病無災。但後面注解是：此為恒卦，巽下震上，天地移位，風雷動，雖苦盡甘來，然世間萬事瞬息變化，知事者，吉；不知者，大凶。

在周易八卦中，震象徵「雷」，意義為「動」。巽象徵「風」，意義為「入」。巽下震上的卦象，確實使乾坤移了位。可是若按照書上的文字，對應這塊羅盤進行研究，別說半杜香，就是這幾個時辰，恐怕也是很難研究得出來。

徐渭水說道：「當今世上，除了你，恐怕再也沒有人能夠破解羅盤上的玄機了！」

苗君儒聽了這話，微微笑道：「依我看，至少有一個人已經進去過了！只可惜我不知道他是誰！」

徐渭水問道：「你怎麼知道？」

苗君儒說道：「是放在山河乾坤地中鎮符寶盒裏的那塊琉璃墓磚告訴我的！」

徐渭水說道：「可惜他已經死了！」

苗君儒問道：「難道他死之前，沒有留下任何東西嗎？」

徐渭水說道：「這得要問你，因為你是最後看著他死的人！」

除了劉掌門和朱福這兩個人，還會是誰呢？苗君儒憶起正是由於他說出了鎮符寶盒裏的秘密，劉掌門才拔刀自殺的。臨死前還留下了那三句看似不著邊際的話：乾坤復位……子午平頭……甲六亥四為吉……

以劉掌門的本事，若要破解最後一道機關，也不是不可能的。可問題是，既然劉掌門已經破解了最後一代機關，進入了墓室，那他為什麼沒有得到千年血靈芝或者是萬古神石呢？難道辛苦進去一趟，就僅僅拿出了一塊琉璃墓磚不成？

見苗君儒不說話，徐渭水接著說道：「苗教授，能不能打開最後這道機關，就看你的了！」

佐藤乙一問道：「不是說最後一道機關每六十年自動開啟一次的嗎？怎麼會這樣？」

徐渭水冷冷說道：「真正的最後一道機關，是在長生殿的裏面，六十年才開啟一次。但是現在，這就是我們的最後一道機關。」

苗君儒明白過來，劉掌門雖然打開了這道機關，但裏面的最後一道機關未能自動開啟，所以無法得到千年血靈芝和萬古神石，無奈之下，只得帶走了一塊琉璃墓磚。他閉上眼睛，心中默念道：巽下震上，天地移位；若要乾坤復位，應為乾上坤下，易經第十二卦中的否卦，但此卦為虎落平陽之勢，卦辭中稱大人物被小人物暗算，虎落平陽被犬欺。但忍一時之怒，方可否極泰來。子午平頭，甲六亥四為吉。

他睜開眼睛，抓住羅盤的外盤，向左一轉，頓時使羅盤復位，變成乾上坤下。只見中心的指標一晃，定位在水平線上。內盤的每個圈立即轉動起來，有的順時針，有的逆時針，有的快，有的慢。

當內盤上幾個圈的子午兩個方位同在一條水平線時，他迅速伸出手，朝第六圈的甲和第四圈的亥，同時按了下去。

就在這個時候，他聽到身後傳來一聲慘叫。

第九章

長生殿

佐藤乙一大笑道：

「你們一直不肯承認楊玉環並未死在馬嵬坡，

而是被我們日本的遣唐使偷偷護送去了日本。

當年死在馬嵬坡的，只不過是個跟她長得像的宮女。

苗教授，三座宮門上面的對聯，還有紅牆上面的雕刻，

足可證明我所說的話。」

慘叫聲是走在隊伍最後的一名日本兵發出的，當大家看到他時，只見他的腦袋和身子分了家，頭顱飛在半空，從脖腔中噴出一道血箭。

無頭的屍體搖晃了幾下，重重地倒在地上。

其餘的幾名日本兵嚇得臉色發白，不等下命令就端起槍，朝著進來的方向胡亂開起了槍，子彈打在牆壁上，迸起了火星。有一盞宮燈被擊落，裏面的油潑在地上，頓時燒了起來。

三浦武夫衝上前，朝那幾個開槍的士兵搧了幾個耳光，罵了一聲「八嘎」，接著用日語說道：「大日本帝國皇軍的臉，都讓你們丟盡了，別忘了，你們的身上全都是油！」

那幾個日本兵趕緊往後退，生怕被地上的火點著。

就在那幾個士兵開槍的時候，長生殿的宮門緩緩開啟了，從裏面透出柔和的光線，足可讓人看清眼前的一切。

站在最前面的幾個人，一個個臉上露出興奮而期待的神色。但是從後面傳來的慘叫聲，卻使他們心驚膽戰。

只見從後面飄來一個火球，幾個日本兵躲閃不及，被火球撞上，瞬間變成火人。程大峰和玉潔手牽著手，縱身一躍，躲過身後襲來的火球，跳到羅盤上。

佐藤乙一和賽孟德在三浦武夫與眾忍者的保護下，逃到宮門口。他們剛剛站定，就見郭士達也來到了他們的身邊，反應速度之快，並不亞於他人。

火球在甬道內左右飄盪，挨著碰著的，或是被濺上一點火星的，全都不能倖免。甬道內一片火海，到處都是慘叫聲。

一個忍者騰空而起，抱住那個火球滾落在地。

郭士達喊道：「快點進去！」

大家聽到他這麼喊，一股腦的都往宮門內逃。趁著大家混亂的時候，苗君儒看到徐渭水用手按了兩下羅盤。

進到宮門內，眼睛頓時迷離起來，兩邊不再是黑乎乎的石牆，而是半透明的琉璃墓磚，每一塊都有一尺見方，連腳下踩著的都是硫醚。裏面光線異常柔和，呈五彩之色，使大家的身上都籠罩上一層奇妙的光暈，令人眼花繚亂。

裏面正在舉行一場宮廷盛宴，那一尊尊表情肅穆的帶刀侍衛，翩翩起舞的美女歌姬，低頭撫琴的宮廷樂師，神態舉止各異的文武大臣，端酒遞盞的宮女內侍，全都是琉璃雕刻而成，每一尊都那麼維妙維肖，毫髮微現，如同真人一般。

可是這樣的宮廷盛宴，卻缺少了兩個人：皇上和貴妃。

再看另一邊，有一口冒著水蒸氣的池子，在池子的邊上，幾個宮女正服侍著剛剛出浴的一個貴婦人。

那潔白如玉的胴體，豐滿妖嬈的身姿，凹凸有致的曲線，一頭黑髮如瀑傾瀉一般垂於肩胛，似乎還滴著晶瑩剔透的水珠。這是一幅活生生的貴妃出浴圖，眾人彷彿穿越了時空，回到一千多年前的驪山溫泉，看著楊貴妃從湯池邊緩步迎面走來，渾身上下都洋溢著無比的誘惑，連空氣中都帶著沁人的體香。

苗君儒禁不住說道：「春寒賜浴華清池，溫泉水滑洗凝脂。白居易的這兩句詩果然寫得入木三分！」

在池子的另一側，黃袍半敞開著的唐明皇，在兩個內侍的攙扶下迎上前去，看他那走路的姿勢，似乎還沒有醒酒。見了心愛的女人，他把那些文武大臣都丟到一邊去了。於是，刀槍劍戟的廝殺聲中，馬嵬坡上的最後一道血光，染紅了出浴後的貴妃無奈的臉龐，她恬靜地走開。從此，熱鬧沸騰的華清池再也不見美豔嫵媚的楊玉環了，留給後人的是永遠的美麗遐想……

都說紅顏是禍水，安史之亂過後，大唐從此一蹶不振。

整座宮廷由九根蟠龍玉柱支撐著，每根玉柱的上面，各懸掛著兩盞大宮燈。光線正是從宮燈內照出來的。

在苗君儒右邊的琉璃牆上，有一處地方凹了進去，正好是一塊琉璃墓磚的位置。進到這裏面的那個人，其他東西都沒動，只從那裏挖走了一塊琉璃墓磚。

他望著徐渭水，問道：「不是還有一道自動開啟的機關嗎？」

郭士達從衣袋內拿出懷錶看了看，說道：「正好是午時！按族譜裏面的說法，長生殿內最後一道機關，應該自動開啟了！」

徐渭水冷冷地說道：「難道你們看不出，已經自動開啟了嗎？」

其實苗君儒已經看出，整座宮廷分為內庭與外庭，文武大臣們在外庭，而唐明皇與楊貴妃則在內庭，外庭地面上鋪的是琉璃墓磚，而內庭的地面上，則是乳白色的玉石。在內庭與外庭之間的地面上，有一條兩尺多寬的溝槽。大家的眼神都被正在出浴的楊貴妃吸引過去了，沒有人會注意到那道溝槽的存在。

既然最後一道機關已經自動開啟了，裏面應該是墓主人的棺槨及奢華的陪葬品，可是棺槨呢？陪葬品呢？還有眾人都期望得到的萬古神石呢？

佐藤乙一哈哈一笑，大聲道：「你們中國的史學家一直不肯承認楊玉環並未死在馬嵬坡，而是被我們日本的遣唐使偷偷護送去了日本。當年死在馬嵬坡的，只不過是一個跟她長得很相像的不知名宮女。苗教授，三座宮門上面的對聯，還有那堵紅牆上面的雕刻，足可證明我所說的話。」

程大峰說道：「就算你說的是事實，那又怎麼樣？」

三浦武夫說道：「你知道楊玉環和我們甲賀派是什麼關係嗎？」

程大峰說道：「你不說我們怎麼知道？」

佐藤乙一得意地說道：「你們的大唐皇帝根本沒有想到，三十九歲的楊玉環居然能夠懷孕，當日本遣唐使護送她前往日本時，卻在路上生下一個男孩。到達日本後，那個男孩為大唐開枝散葉，甲賀派筒井氏，其實就是大唐李氏的後代。」

程大峰說道：「難道你們不遠千里來尋找楊貴妃的真墓，就是為了證明有些日本人其實是我們中國人的後代不成？」

佐藤乙一說道：「你錯了！」

程大峰呵呵一笑，說道：「我是錯了，你們還有別的目的，就是萬古神石和這裏面的財寶。可是你們看看，除了這些琉璃人像外，並沒有你們想要的東西，是不是覺得很失望？」

郭士達說道：「不可能的，族譜上說，貴妃墓內光黃金都有百萬兩，還有不計其數的珍寶，一定還有其他的墓室。」

徐渭水冷冷說道：「你既然說還有其他的墓室，那就請你找出來！」

郭士達望著徐渭水，惡狠狠地說道：「苗教授不是說有人已經進來過了嗎？那個人一定是你的師弟，你們合夥把這裏面的東西都搬走了，留下了一個空墓！」他指著左前方那處空蕩蕩的地方，繼續說道：「那些黃金和財寶本來就放在那裏的，是不是？」

「你猜得不錯！」一個聲音從後面傳來。大家扭頭循聲望去，只見進來了不少人，為首的居然是朱福，緊跟著朱福的是宋遠山，在他們的身後，還有十幾個人，從那些人身上穿的衣服和手上拿著的槍械看，便知是共產黨領導的遊擊隊。在他們進來之後，宮門緩緩閉上了。

郭士達問道：「那些黃金和珠寶呢？你們都搬到哪裏去了？」

宋遠山說道：「你以為美國支援中國抗戰的武器，那是白給的呀？我告訴你，代價不少於五十萬兩黃金，還有那些德國的裝備，都是花錢買的！為了讓你們上當，我們兩大門派算是費盡了心思。」

佐藤乙一望著朱福，問道：「告訴我，這到底是怎麼回事？」

朱福朝苗君儒歉意的一笑，說道：「苗教授，請您原諒，如果我不那麼做的話，日本人不會上當的。我雖然沒死，但是劉大哥確實已經……」

能夠使日本人上當，再大的委屈也能忍受，苗君儒說道：「其實劉掌門沒必要死的！」

朱福說道：「劉大哥過不了心裏的那道坎，他覺得只要他一死，玉芳一定會有所改變，不再助紂為虐！」他轉向徐渭水，繼續說道：「徐大哥，麻煩你告訴玉芳，她身上的那個印記代表什麼！」

徐渭水長歎一聲，眼中流下兩行渾濁的淚水，緩緩說道：「孩子，你知不知道身上的印記是什麼東西留下的？我告訴你，那是我們玄字派掌門信物天地鎮魂金。你自從被烙上那個印記開始，就是我們玄字派的下一任掌門人。你爹當年狠下心讓日本人把你搶走，一則不願意再死太多的同門，二來，掌門信物天地鎮魂金決不能被外人搶走，他也是沒有選擇啊！孩子，你爹知道你在為日本人辦事，他那麼幫你，只是想做點補償而已，可傷害的，是自家兄弟。那處被佈置成山河乾坤地的宅子，獨缺了天門，主樑上面鎮符寶盒裏放著的，除了一幅符咒外，還有你的生辰八字。你雖女主不了天下，但可保性命無憂。你爹在自殺的前幾天，才用那塊琉璃墓磚，替換下了你的生辰八字和符咒。他還交代我，如果你還執迷不悟，就讓我替他執行門規。」

苗君儒知道天地鎮魂金乃是地字派的掌門信物，怎麼玄字派的掌門信物也是天地鎮魂金，莫非這天地鎮魂金有兩塊，兩派掌門各持一塊不成？

佐藤乙一對朱福說道：「你還沒有回答我的問題呢！」

朱福說道：「其實你想要的答案很簡單，就是賊心不死和請君入甕這八個字，還需要我解釋嗎？」

宋遠山說道：「師兄，你最好解釋一下，否則他們不懂！」

朱福說道：「那我就詳詳細細地說給你們聽，讓你們死也死得明白。」

他接著說道：「在郭大善人找到劉大哥，想合夥打開貴妃墓平分裏面的財寶，被劉大哥拒絕後，你哥哥佐藤義男就找到了他，才有了十幾年前的那場三局兩勝。自從你哥哥的陰謀失敗之後，我們就知道他賊心不死，一定還會重來的，為了防備他，我們做了很多安排，包括在一些宅子下面挖通道，並且一次次的尋找進入貴妃墓的密道，就在一年前，終於讓我們找到那條從玄字派祖廟下來的密道，我們逐一破解了墓道內的機關到了這裏，可惜未到時間，最後一道機關未能自動開啟。沒辦法，我們只得拿走了這裏面的黃金和財寶。在如何處理那批黃金和珠寶的問題上，我們產生了很大的分歧。劉大哥想把所有的黃金和財寶捐給重慶，用於前線的抗戰，可我認為交給城外的共產黨領導的遊擊隊，可能作用更大一些。我和劉大哥賭了一場，誰輸了誰聽對方的，結果我輸了，於是絕大部分的黃金和財寶被他送去了重慶，剩下的那些，則用來分給各省的地字派，讓他們購買糧食，幫助那些逃難的窮人。」

他頓了頓，繼續說道：「我沒有想到的是，我師弟居然也回到了興平，還當了董團長的師爺，他們不知怎麼得到消息，說我們靠盜墓挖出了不少金銀財寶，捐給了政府，於是董團長找到了我和劉大哥，逼我們和他合作。當我的師弟得知他離開的這些年裏，都是我在幫助他的家人後，我們師兄弟終於擯棄前嫌。

「在他的幫助下，我成功騙出董團長，將董團長埋葬在一座古墓中，而他借機找一個和董團長相似的人，代替了董團長。今年是六十年一遇的絕好時機，我們知道佐藤義男一定會再來，所以不但做了那些安排，還在距離真墓不遠的山上，做了一座假墓。

「就在那時，我發現了劉大哥和賽孟德之間的交往，我買通了賽孟德身邊的馬二和娟姐，終於讓我查到，賽孟德極有可能就是當年被日本人抓走的玉芳。萬幸的是，劉大哥雖然做了不少違背良心的事，但卻沒有把我們進入貴妃墓的消息告訴玉芳。我裝作不知道劉大哥和玉芳之間的事，為了使一切都順理成章，我故意告訴劉大哥，帶著天玉方略去城外見一個朋友。所以得到消息的玉芳，要郭大善人帶人去搶天玉方略，當我在受傷之後，碰巧遇到徐大哥的徒弟羅強和馬鷂子。」

苗君儒說道：「於是你要馬鷂子進城，從宋師爺手裏帶出你的女兒小玉？」

朱福說道：「不錯，那麼做的目的，是想讓小玉控制一兩股城外的勢力，為我們所用。我之前要寫信給你，想讓你來幫我，可惜一直很矛盾，擔心你捲入之後受到傷害。誰知在我受傷之後，小玉居然要馬鷂子去把你引了過來。劉大哥得到這一消息後，在西安和臨潼一帶都布下眼線，打探你的蹤跡。當你住在西安萬福齋劉水財那裏時，我們就已經得到了消息。

「剛開始，我們只是覺得和你一起來的這個藤老闆有些奇怪，並沒有懷疑他就是佐藤義男的弟弟。在下雨的那天晚上，小玉把你帶到了山上的石屋裏，馬鷂子手下的人抓走了你的學生和佐藤乙一，關在石屋後面的山洞裏。令我們想不到的是，一夥來歷不明的人隨後到了那裏，殺死兩個看守洞口的人，救走了佐藤乙一和你的學生。從那以後，那夥人和佐藤乙一都躲進了翠花樓，而我也從馬二那裏得知，翠花樓住進了一夥武功很高的人，那些人極有可能是日本人。自那時起，我們就注意上這個所謂的藤老闆了。

「當我們知道藤老闆幾次約郭大善人去玉芳那裏商量事情時，一直未露面的徐大哥為了得到郭大善人的信任，不惜出賣了劉掌門。在馬鷂子從假墓中拿出那塊假石王後，我師弟告訴我，說劉掌門的弟弟劉水財，原來投靠了滿洲國，當了一個什麼參謀，正遊說余師長投靠滿洲國，並說石王已經現身，只要得到石王，大事可成。

「在余師長的命令下，我師弟帶人從馬鷂子手裏搶走了假石王，他要苗教授當眾證明假石王是真的，那樣的話，躲在暗處的日本人就會搶走假石王，離開興平。至於余師長，他即使想當漢奸，但手下那幾千烏合之眾，有一半已經被我師弟所控制，其餘的根本不足為患。可惜苗教授不願證明假石王是真的，才導致我們的第一步計畫失敗。日本人沒有從馬鷂子手裏搶走假石王，卻劫走了我的女兒小玉，把她關在翠花樓內的一處柴房裏。」

他望著玉潔，接著說道：「玉潔眼看就滿十八歲，在沒有得到石王和千年血靈芝救治的情況下，隨時都會發病，她一發病便成瘋魔，任何人都無法靠近。就在她的眼珠開始變紅的時候，劉大哥把她關在那處密室裏，只等三天過後恢復正常，再放她出來。可在那時，劉水財帶著人四處找我們，我們不得已離開那裏。可就在我們離開後，苗教授和馬鷂子到了那裏，並發現了鎮符寶盒裏的秘密。當我們後來去那裏找玉潔時，密室裏已經不見人影，我們以為她被劉水財抓走，在見到她之後，才知是苗教授和他的學生救了她。」

苗君儒問道：「那處宅子下面密道裏的乾屍，是怎麼回事？」

朱福說道：「那兩個道士，老的姓嚴，是十五里鋪廟裏的廟祝，小的是嚴道長的徒弟，而其他的人，則是住在廟旁邊的兩戶人家。劉大哥和嚴道長有些交情，幾年前，嚴道長派徒弟找到劉大哥，說有一夥土匪最善於盜墓，問是不是地字派的門人。劉大哥見過羅強，所以知道是羅強帶著馬鷂子手下的人幹的。

「幾天之後，嚴道長要人托信給劉大哥，說有要事商量，當晚我和劉大哥趕到十五里鋪小廟，只見到一地的屍首。劉大哥認出那些人都是中了玄字派的秘術而死的，死後不能埋葬，否則受了地氣會變成殭屍，最好的辦法就是把屍體燒掉。劉大哥懷疑是羅強下的手，因為玄字派中會秘術人，當屬徐大哥，而羅強是徐大哥的弟子。劉大哥為了保留證據，日後見到徐大哥，讓徐大哥清理門戶，才將那些屍體放到宅子的下面，用山河乾坤地鎮住屍首的戾氣，使他們不會變成殭屍。一年前徐大哥回到興平，才知羅強未正式入門，算不得玄字派的弟子，他們師徒倆因半指仙的死而反目成仇。一時之間，對羅強也無可奈何，況且羅強是土匪，土匪殺人如草芥。劉大哥想將那些乾屍燒掉，但徐大哥說留著還有用，於是便留在了那裏！」

苗君儒問道：「徐先生用乾屍修煉秘術，也是對往生者的不敬啊！」

徐渭水冷冷說道：「我以為苗教授博古通今，什麼都懂，原來只是半吊子。我修煉的是秘術，而並非邪術，用不著乾屍。將乾屍留在那裏的目的，是要利用乾屍的戾氣，抵消山河乾坤地的陰陽二氣。一旦玉芳不聽我所勸，執行門規起來也不太費事。」

苗君儒被徐渭水挖苦，但他並不生氣，而是問道：「這麼說，山河乾坤地是和玉芳的命運聯繫在一起的？」

徐渭水說道：「那當然，所以掌門師弟在幾天前狠下心，從鎮符寶盒裏拿走了她的生辰八字！」

這時候，就聽賽孟德喃喃著說道：「原來他一直都在防著我！」

宋遠山說道：「你在替日本人辦事，他那麼做也是沒有辦法的辦法。在民族大義面前，任何親情都得放下。為了對付日本人，我還不是和我師兄站在了一起？」

苗君儒想起他在土地廟中看到的那一幕，於是問道：「宋先生為什麼要用一男一女兩顆人頭祭祖師爺？」

宋遠山說道：「苗教授，我們地字派本就有很多支派，如今我也是一派的掌門人，我用什麼方式祭祖師爺，那是我的事。至於我和那對狗男女的恩怨，你就無需知道了！」

佐藤乙一嘿嘿的冷笑幾聲，說道：「你們既然知道我的身分，還知道我們躲在翠花樓，為什麼還沒有行動呢？」

朱福說道：「你不動，我不動，有苗教授和馬鷂子他們招呼你就夠了，我們躲在暗處，還要防著劉水財呢！他為了逼我們現身，把劉大哥的酒樓都燒了！」

佐藤乙一說道：「可是最後，你還是被我們給找到了。那個馬二，也被我當成禮物送給了馬鷂子。」

程大峰說道：「當我們得知余師長派人封鎖了各條道路後，就知道你們要動手了。可惜你們怎麼想不到，我們還是把消息送了出去。你以為只要在興平這麼一鬧，就能配合進攻潼關的日軍，打亂我們抗日軍隊的陣腳嗎？你想錯了！你留在外面的那點人馬，恐怕此刻已經被我們的軍隊消滅了。把你引到這裏面來，就是要更徹底的消滅！」

佐藤乙二不屑地說道：「就憑你們這些人，也能對付得了我嗎？」

朱福大聲道：「那還等什麼？」

在幾個人說話的時候，雙方持槍的人就已經各自佔據了有利位置，他的話音剛落，槍聲就響起來了。

苗君儒看到幾個日本兵將槍口對準了他，急忙閃身躲在一尊琉璃人像的後面，幾顆子彈射在他剛才站立的地方。他頓時暗道：好險！

三個忍者同時撲向程大峰和玉潔，他早有準備，飛腿踢開左邊的忍者，同時抓住右邊忍者的手，使了個四兩撥千斤之法，順勢丟了出去。當中間那個忍者抓住玉潔的時候，他的左手掌正好切在忍者的脖子上，就在那個忍者倒下之時，他感覺刀光一閃，左臂頓時失去了知覺。

三浦武夫趁程大峰對付三個忍者的時候，欺身而進，果然一招得手，砍斷了程大峰的左臂。

程大峰悶哼一聲，被斷臂處飛濺起來的血沾了一身，忍著劇痛撕下一條衣襟，想要紮緊傷口，可三浦武夫不容他喘息，人影一晃，挾著刀勢，要將他劈死在刀下。他捂著斷臂連連退了幾步，可身後是琉璃牆，已經無法再退了。

三浦武夫飛身在半空，刀鋒距離程大峰的脖子不到三尺，他的瞳孔開始收縮，整個人已經變得異常興奮。他渴望血腥，最喜歡看到對手的頭在刀鋒過後滾落在地。

玉潔看到這情景，用力掙脫了兩個挾持著她的忍者，哭道「峰哥！」她剛跑了幾步，就被一名忍者用刀柄擊暈。

程大峰躲閃不及，有些絕望地看了玉潔一眼，微微閉上了眼睛。

三浦武夫的嘴角掠起一抹冷酷的微笑，但他的冷笑立即僵在臉上，感覺到從左側傳來一股巨大的力道。倘若他一擊得手，自己也會被那股力道擊中，即便不死，也受傷不輕。他不虧是甲賀派的高手，人在半空，招式未變，可身體卻以一種奇怪的速度扭曲，堪堪躲過那一擊。他以為憑這一擊，定可將那年輕人斬於刀下。

可惜他想錯了，他的刀重重地劈在琉璃墓磚上，劃出一道半寸深的劃痕，反彈的力道震得他手掌發麻。他在空中轉了一個圈，穩穩地落在地上，這才看清眼前的情形。攻擊他的是苗君儒，而從他刀下救人的，則是那個乾瘦的老頭。

徐渭水將程大峰扯到身後，從身上拿出一包藥粉，說道：「孩子，趕快把藥粉撒在傷口上，止血要緊！」

程大峰用嘴巴咬開藥包，將藥粉撒在傷口上，由於失血過多，他的臉色變得異常蒼白。他望著前面，只見已經暈過去的玉潔被一個忍者扛在肩膀上，就站在佐藤乙一的身邊。他正要往前衝，卻被徐渭水擋住。

徐渭水說道：「你連自己的命都差點沒保住，還怎麼去救她？」他轉向苗君儒，接著說道：「苗教授，麻煩你先抵擋一陣，我把這小夥子的手接起來！」

苗君儒點了點頭，揮掌撲向三浦武夫。徐渭水趁機撿起地上的斷臂，扯著程大峰躲到一根玉柱的後面。而在另一邊，朱福和宋遠山已經和幾個忍者打成一團。

徐渭水說道：「小夥子，你閉上眼！我救人的時候，是不喜歡被人看的，等下會有點痛，你忍著就是！」

程大峰感激地望著徐渭水，聽話地閉上了眼睛，他的耳邊傳來紛亂的槍聲以及慘叫聲，還有徐渭水的嘮叨：「小夥子，這一路過來，我都看到你和玉潔手牽著手，她爹不在了，我這做師伯的可不能不管，你們這麼有情有義，我也替她爹高興。」

一陣劇痛傳來，程大峰忍不住發出呻吟，徐渭水繼續說道：「小夥子，忍著點，很快就好了。我要是不把你的手接上，玉潔後半輩子豈不是要跟著一個殘廢過日子嗎？你是苗教授的學生，俗話說名師出高徒，以後肯定有出息。可有一點我警告你，這輩子你不能辜負她，否則我們玄字派任何一個弟子，都可以找你算帳。好了，小夥子！」

程大峰睜開眼睛，只見自己的斷臂已經被接上了，而且手指居然還能動！

徐渭水從身上拿出一樣東西，遞給程大峰，低聲說道：「等下會有用！」

程大峰點點頭，收起了那件造型奇怪的東西。

徐渭水接著笑道：「你這手暫時還不能用力，否則就前功盡棄了。放心吧，我們一定會把玉潔救回來的！」

他說完後，起身朝苗君儒走了過去，同時說道：「苗教授，你且退下。當年他的師父佐藤義男贏不了我，我且看看，佐藤義男的這個徒弟究竟有多少本事！」

苗君儒虛晃一招，閃身退到一旁，徐渭水挺身衝了上前，和三浦武夫交上了手。

從整體的戰鬥力看，朱福帶進來的人，根本不是日本兵的對手。儘管日本兵只剩下六七個，但一場槍戰下來，那十幾個遊擊隊員死的死傷的傷，還剩下四五個人在苦苦支撐著。而朱福和宋遠山兩人，在幾個忍者的攻擊下，顯得力不從心，敗勢已露。

有兩個受傷的遊擊隊員從地上爬起，點燃了身上的衣服，冒著彈雨向前撲去，轉眼間，三四個日本兵被點燃，剩下兩三個日本兵，也被這種不要命的打法嚇得往後退，躲在玉柱後面胡亂開槍。

徐渭水與三浦武夫仍在酣鬥，一時間難以分出勝負。剩下的四五個遊擊隊員，也都不要命地舉著火把往前撲，人雖然倒下了，但也點著了對方。苗君儒正要過去幫朱福，剛走了兩步，只聽得佐藤乙一說道：「苗教授，我們再來一場賭局，一局定勝負，如何？」

苗君儒問道：「你想賭什麼？」

佐藤乙一指著徐渭水與三浦武夫，說道：「就賭他們兩個人誰先死，如果你贏了，我們任憑你處置，如果你輸了，則要聽命於我！」

苗君儒坦然道：「好！」

第十章

神石現世

苗君儒望去，果見楊貴妃身邊的一個宮女，
手裏托著一尺多長，半尺寬，金絲鑲嵌的梳妝盒。
另一邊，一名內侍伸出食指，指著那個梳妝盒。
他當時被這美倫美奐的景象所吸引住，
沒有注意到那個宮女手上的秘密。

三浦武夫的刀法伶俐，有不少中國的武術高手都喪命在他的刀下，但徐渭水的身材瘦小，身法靈活，加之武功怪異，兩人交手七八個回合，就中了好幾招，只是他仗著一身的蠻力，一味的狠鬥。

徐渭水畢竟上了年紀，時間一長，身法就有些遲緩，一步留神，肩膀上就被劃出一道口子，頓時鮮血直流。

三浦武夫「呀呀」地大吼著，手中的武士刀揮舞得一刀比一刀狠。十幾招過後，他趁徐渭水轉身時，改側劈為直捅。只聽得「噗嗤」一聲，武士刀貫入了徐渭水的腹部，但他的前胸中了徐渭水一掌，一口鮮血噴出，顯是受傷不輕。

徐渭水後退了幾步，將流出刀口的腸子塞了回去，掏出兩包藥粉分別撒在兩處傷口，又用長褂將腹部的傷口紮住，望著賽孟德喊道：「玉芳，你現在是玄字派掌門，身為掌門人，有維護本門派之責，就算你不管我的生死，也不能眼看著你妹妹落入日本人的手裏！」

說完之後，他拿出兩粒藥丸，塞進了嘴裏，再次撲向三浦武夫。兩人一照面，三浦武夫的武士刀再次捅入他的腹部，往斜裏一拉，整個腹部被開了膛，腸子一咕嚕全落到地上，場面慘不忍睹。他的口一張，一股血霧噴到三浦武夫的臉上，只見三浦武夫大叫一聲，雙手放開武士刀，猛抓自己的臉，只消幾下，便將整張臉皮抓了下來，緊接著眼珠子也被抓掉。身子往後一倒，在地上滾來滾去，發出駭人的慘嚎。整個人就像烈日下面的蠟燭，從頭部開始慢慢溶解，不過一兩分鐘，就只剩下一灘血水了。

徐渭水靠在一根玉柱上，鼻子裏只有出的氣，沒有進的氣，他嘿嘿地笑了幾聲，吃力地說道：「化屍粉的……味道……不錯吧？」他朝苗君儒說道：「我……死後……燒……掉……不要變成殭屍……害人……求你……救……玉……」

他的話還沒有說完，就已經閉上了眼睛。

朱福走過去，點燃了徐渭水的屍身，低聲說道：「徐大哥，你一路走好！」

說也奇怪，徐渭水屍身上的火苗由黃色逐漸變成藍色，不消一分鐘，整具屍身就化為灰燼。

佐藤乙一望著朱福，問道：「你們怎麼就不怕火？」

朱福說道：「很簡單，我們進來的時候，身上披了油布！其實我們比你們先進來，就藏在飄灑油霧的地方。」

苗君儒冷冷地望著佐藤乙一，說道：「你輸了！」

佐藤乙一笑道：「苗教授，你和我交往那麼久，難道還不知道我的為人嗎？」

郭士達從一根玉柱後面走出來，說道：「我們有籌碼在手裏，怕什麼？」

苗君儒罵道：「卑鄙！」

朱福和宋遠山點燃了兩支火把，在手上搖晃著，有兩三個忍者逼得太近，立即被火苗點著，剩下的兩個不敢上前遊鬥，只用忍者擅長的暗器朝他們招呼。

佐藤乙一喝了一聲，剩下的兩個士兵和兩名忍者回到他的身邊，警惕地看著苗君儒。

這時，玉潔醒了過來，第一眼看到身邊的玉芳，忍不住叫了一聲「姐！」

玉芳再也忍不住，淚水順頰留下的時候，毅然拔出了身上的小手槍，抵著那個扛著玉潔的忍者的頭勾動了扳機。

但是她身後的兩名日本兵，卻把刺刀同時從她的後背刺入，透出前胸。

她並未轉身，「啪啪」兩槍結果掉兩個日本兵，用槍指著佐藤乙一說道：「讓她走！」

玉潔扶著玉芳，哭道：「姐，你這是為什麼？爹說過，我們玄字派不能沒有掌門人。」

玉芳苦笑道：「玉潔，姐對不起你……也對不起爹……等姐一死，你……就是玄字派的掌門人……快過去……姐支撐……不了多久……」

程大峰望著玉潔，叫道：「玉潔，快點過去，別辜負了你姐！」

玉潔一邊哭，一邊朝程大峰走去。

佐藤乙一身邊的兩個忍者想要動手，但是從玉芳的槍裏射出的子彈，打在他們腳邊的地上。

佐藤乙一目光冰冷地望著玉潔，沒有說話。

玉芳說道：「雖然……你們養了……我十幾年……但……我也幫……你

們獲得了……那麼多……中國方面的……情報……我是……中國人……不能一錯……再錯……對不起……祖宗……如果……這條命……是你們……給的……我現在……就還給……你們……」

她說完後，望著玉潔微微一笑，調轉槍口對準自己的右太陽穴勾動了扳機，隨著一聲槍響，頓時香消玉殞。

整座宮廳內傳出玉潔撕心裂肺的哭聲：「姐！」

朱福望著佐藤乙一，一字一句地說道：「你們逃不了了！」

在他身邊，除了宋遠山外，就只剩下兩個遊擊隊員了，有一個還受了重傷。

佐藤乙一說道：「我們來做一筆交易，打開宮門放我們出去，我把這個女孩還給你們！」

朱福說道：「我進來之後，就已經將宮門封死了！」

佐藤乙一問道：「難道你們就沒有想過怎麼活著離開嗎？」

朱福和宋遠山異口同聲地說道：「沒有！」

佐藤乙一又問道：「你們不想看一看真正的萬古神石？就是你們所說的

石王。」

苗君儒說道：「你不是說楊玉環沒有死，而是去了你們日本嗎？這裏也只不過是一座假墓，又怎麼可能有萬古神石呢？」

佐藤乙一說道：「你一定不知道，當時楊玉環去了日本之後，還和你們的大唐皇帝有過幾次書信來往，她本想等安史之亂過後再重新回到大唐，可大亂還沒有過去，大唐皇帝就歸天了。甲賀派保存有一封大唐皇帝寫給她的書信，信中指明將那塊神石放在了她沐浴的地方。我剛開始以為是藏在驪山，結果找了十幾年卻都一無所獲。當我進來之後，看到那一邊楊玉環出浴的場景後，就立即明白了。我想要的東西，原來就放在她身邊那個宮女的梳妝盒裏。」

苗君儒扭頭望去，果見楊貴妃身邊的一個宮女，手裏托著一個一尺多長，半尺來寬，金絲鑲嵌的梳妝盒。而在另一邊，唐明皇身後一名內侍伸出食指，指著那個梳妝盒。他當時被美倫美奐的景象所吸引，沒有注意到那個宮女手上的秘密。

佐藤乙一說道：「難道你們不想打開看一看嗎？」

宋遠山轉身朝前走了幾步，剛越過那條溝槽，聽到兩聲槍響，他的身子一歪，叫了一聲「師兄」，就倒在了唐明皇那尊琉璃人像的腳下。

一個人影從玉柱後面竄出，幾步衝到那個宮女面前，拿起了那個梳妝盒，哈哈笑道：「石王終於被我拿到了！」

苗君儒說道：「郭大善人，誰都想得到那塊石頭，最後落在誰的手裏，還說不準呢！」

佐藤乙一說道：「宋先生，別忘了我們之間的合作。」

郭士達笑道：「佐藤先生，你外面的那些人都被國軍消滅了，還和我談什麼合作？我只要將這塊石頭送給總裁，他一定會重用我。我不要虛名，要實權！哈哈哈！」

他說完後，打開了梳妝盒，從裏面拿出一塊橢圓形，色澤烏黑但卻放射出五色毫光的石頭來。

苗君儒由衷地說道：「好一塊萬古神石。我一直以為傳說並不是真的，沒想到還親眼見到！」

郭士達托著石頭說道：「你們誰敢上前一步，我就把這塊石頭摔碎，誰都得不到！」

就在他說話的時候，倒在地上的宋遠山突然跳起身，去抓他手裏的神石。他下意識的往後一閃，撞在楊貴妃的琉璃人像。只見那具琉璃人像轉了一個圈，隨著轟響聲，水池後面的琉璃牆赫然裂開一扇門，露出一間墓室來。墓室正中間有一副半人多高的黑色棺槨，除此之外並無一物。

墓室門打開的同時，空氣中傳來一陣利器的破空之聲，聲音過後，只見郭士達和宋遠山的身上被射滿了弩箭，兩人都像刺蝟一般。兩具屍體倒在地上的時候，那塊萬古神石從郭士達的手中掉出，朝溝槽滾去。

佐藤乙一和兩個忍者縱身而起撲向萬古神石，就在神石即將落入溝槽的時候，被他一把抓住。他發出一陣狂笑，說道：「萬古神石，我終於得到了！」

他見朱福兩個遊擊隊員不顧一切地朝他撲來，忙命令兩個忍者：「攔住他們！」

雙方一照面，兩個遊擊隊員就被忍者的武士刀砍中，但手中的火把也點著了兩個忍者。

朱福撲到佐藤乙一的面前，左手的火把一揮，趁著對方閃避的時候，側身用右手去搶神石，哪知還沒抓到，左手的火把就被踢飛，右腹傳來一陣劇痛，他低頭一看，只見右腹被一柄短刀刺入，只剩一個刀柄了，而刀柄就握在對方的手中。

佐藤乙一將持刀的手一轉，一股鮮血頓時從朱福的右腹噴出，濺了他一身。他獰笑道：「你不是沒打算活著離開這裏嗎？我成全你！」

朱福抓著佐藤乙一的手，笑道：「當然，要死也要拉著你陪葬！」

他的手腕一翻，手上居然出現一把火柴，他把火柴在佐藤乙一的衣袖上一擦，一股火苗頓時冒起。

佐藤乙一一腳將朱福踢飛，可是他已經變成了一個火人，揮舞了幾下手臂，撞在唐明皇的琉璃人像上，接著往前走了幾步，一頭栽進溝槽中。

唐明皇的琉璃人像被撞之後，自動轉了半個圈，整個墓室頓時傳來一連串轟隆巨響，只見那道溝槽中呼啦啦往上冒水，瞬間就沒了眾人的腳踝。

程大峰撇下玉潔，正要飛身跳下溝槽去尋找神石，卻被躺在地上的朱福扯住褲腳。

程大峰大聲道：「為什麼拉住我？」

朱福虛弱地說道：「此溝深不見底，直通渭水，沒用的！」

程大峰問道：「前輩，沒有神石怎麼救玉潔？」

朱福指了指那間墓室裏面的棺槨，說道：「出去的通道……必須兩個……門派的……掌門信物……還有……千年血靈芝……救玉潔……快走……」

話一說完，他微笑著閉上了眼睛，身體軟趴趴的倒入水中，這一次，他是真的死了！

就在這當兒，水已經到了膝蓋。

苗君儒叫道：「快！」

三個人蹚著水進了那間墓室，苗君儒近距離的打量著這副棺槨，他皺了皺眉頭，大喝一聲，雙手用力抵住棺蓋。只見棺蓋緩緩開啟，裏面躺著一具乾屍。乾屍頭上戴著鳳冠，身上穿著五彩金絲霞袍。只有皇后和貴妃才有資格戴鳳冠穿霞袍，這棺材中的女人即便不是楊貴妃，也是一個不一般的人物。

在乾屍的額頭上，居然有一株血紅色的靈芝。程大峰一把將血靈芝抓了起來，開心地對玉潔說道：「你有救了！」

一陣陣巨大的轟隆聲傳來，眼見著墓室外面的幾根玉柱開始傾斜，上面不斷有大塊的泥土和石頭往下落。

玉潔說道：「水都滿到腰了，趕快找出去的路呀！」

苗君儒圍著棺槨轉了一圈，並未發現任何機關所在。可是朱福臨死前不可能說謊。

程大峰跳進棺材，將裏面的乾屍扯了出來，在乾屍頭部的下面，果然有兩個孔眼。

苗君儒說道：「我們還是出不去！朱福說過，必須要兩個門派的掌門信物，玉潔身上只有一個！」

程大峰從身上摸出一樣東西，說道：「我這裏還有一塊，是徐前輩幫我接上手之後交給我的！」

苗君儒說道：「那還等什麼？」

兩塊天地鎮魂金分別插入兩個孔眼，左右一轉，只聽得「嘩啦」一聲，棺槨的底板從中分為兩塊，露出一個黑洞來。洞口不大，剛好夠一個人爬著進出。

三個人進了黑洞，摸著黑往下爬了幾米，當他們順著洞內的走向往上爬時，水已經灌了進來。

他們就這樣不停的往上爬，也不知道爬了多久，前面終於沒有路了，爬在最前面的程大峰用右手往上一托，托起了一塊石板，看到了外面微弱的光線。

走了上去，發覺置身於一個山洞中，洞口被手腕粗細的藤蔓遮掩著。他們撥開藤蔓走出山洞，沐浴在午後的陽光下，忽然有一種恍如隔世的感覺，原來活著真的很好。

對面的山上傳來一陣陣激烈的槍聲，看來戰鬥還沒有結束。

傍晚時分，苗君儒他們三個人回到了興平城，城內的戡亂已經結束，到處都貼著「團結抗戰槍口一致對外」、「抗戰有功叛國有罪」等標語。

一隊隊荷槍實彈的國軍隊伍從街上走過，往鳳凰山而去。

聽人說，那裏的戰鬥還沒有結束，小鬼子的人數不少，佔據著兩個山頭，國軍去了兩個師，加上反正的隊伍，足足兩個半師的人，打了一個下午都沒打下來。這是抗戰的大後方，小鬼子再怎麼折騰，那也是強弩之末，遲早是要被消滅的。

他們還聽人說，那個投靠了滿洲國的余師長，還有幾個軍官，都被抓住了，已經押往了西安，估計要被槍斃。

但是沒有聽到劉水財的任何消息，還有小玉、馬長風以及羅強，他們彷佛從這個世界上消失了。當他再次見到小玉、馬長風和羅強他們三個人時，卻是在幾年後。他不想知道馬長風和郭士達之間有什麼勾當，因為那是人家的秘密，更何況郭士達已死了。

在縣政府大院裏，苗君儒終於見到了他那幾個失散的學生。聽韓縣長說，那幾個學生是被關在翠花樓的一個地窖裏，有人寫了一封匿名信貼到縣政府的大門上，他才派人去救出來的。幾個學生好像都被人下了迷藥，神智不清，根本不記得之前發生過什麼事情，還好他們之中的一個會說三個字：苗教授！

三天後，苗君儒帶著學生回重慶，但是程大峰卻沒有同行，他自願留在心愛的人身邊。

離開了興平城，走在山路上，迎面吹過的閃風，還夾雜著一股帶有血腥的硝煙味。據說鳳凰山的日軍有一個聯隊，國軍死傷幾千人，到第二天上午才把日軍全部消滅的，一個都不曾漏掉。

他遠遠眺望著鳳凰山，似乎看到了山背後那座破落的玄字派祖廟，他很想知道，死在祖廟裏的那個人究竟是誰？朱福是地字派的掌門，怎麼知道那間墓室的棺槨裏面有千年血靈芝，而且還有逃生的通道，又怎麼知道要用兩派掌門的信物才能打開呢？難道當初修建那座墓葬的人，不僅僅是玄字派的前輩高人，還有地字派的高人相助？兩派的高人擔心後人進去後無法出來，因而留下了逃生的通道，並且將秘密寫在兩派的掌門秘冊中。

棺槨中那具乾屍究竟是不是楊貴妃？楊貴妃是不是真如佐藤乙一所說的去了日本？

儘管苗君儒還有不少疑問，可他心裏明白，在歷史上，很多問題都是沒有答案的。

幾個月以後，淪陷區相繼出現多支由玄字派和地字派門人領導的抗日武裝，這些抗日武裝神出鬼沒，四處出擊，打亂了日軍的正常進攻計畫，為中國的抗戰大業立下了不朽的功勳。

兩年後，苗君儒偶爾在一份報紙上看到一副照片，照片中的人像極了那個他見過的詹林明，但報紙的標題卻是：軍統特工王如海喋血上海灘。不知道這個王如海，是不是詹林明？聽說每個軍統特務都有很多個名字，可是名字再多，臉蛋的模樣只有一張。

更多苗君儒懸疑考古系列　請續看《搜神異寶錄5稀世奇珍》

搜神異寶錄 之4 貴妃真墓

作者：婪源霸刀
發行人：陳曉林
出版所：風雲時代出版股份有限公司
地址：10576台北市民生東路五段178號7樓之3
電話：(02) 2756-0949
傳真：(02) 2765-3799
執行主編：劉宇青
美術設計：許惠芳
行銷企劃：邱琮傑、張慧卿、林安莉
業務總監：張瑋鳳

初版日期：2017年8月
初版二刷：2017年8月20日
版權授權：吳學華
ISBN ：978-986-352-467-0
風雲書網：http://www.eastbooks.com.tw
官方部落格：http://eastbooks.pixnet.net/blog
Facebook：http://www.facebook.com/h7560949
E-mail：h7560949@ms15.hinet.net
劃撥帳號：12043291
戶名：風雲時代出版股份有限公司

風雲發行所：33373桃園市龜山區公西村2鄰復興街304巷96號
電話：(03) 318-1378
傳真：(03) 318-1378
法律顧問：永然法律事務所 李永然律師
北辰著作權事務所 蕭雄淋律師

行政院新聞局局版台業字第3595號 營利事業統一編號22759935

定價：280元　特惠價：199 元

國家圖書館出版品預行編目資料

搜神異寶錄／婪源霸刀 著. -- 初版. -- 臺北市：
風雲時代，2017.06- 冊；公分

ISBN 978-986-352-467-0（第4冊；平裝）

857.7　　106006481